山林逸興

詩書悅心

萤火

与

闪电

——李满强诗歌集

李满强——著

萤火与闪电
YINGHUO YU SHANDIAN

图书在版编目（CIP）数据

萤火与闪电：李满强诗歌集 / 李满强著. --桂林：广西师范大学出版社，2021.3
（悦心）
ISBN 978-7-5598-0299-6

Ⅰ．①萤… Ⅱ．①李… Ⅲ．①诗集－中国－当代 Ⅳ．①I227

中国版本图书馆 CIP 数据核字（2021）第 039819 号

广西师范大学出版社出版发行
（广西桂林市五里店路 9 号　邮政编码：541004）
　网址：http://www.bbtpress.com
出版人：黄轩庄
全国新华书店经销
广西广大印务有限责任公司印刷
（桂林市临桂区秧塘工业园西城大道北侧广西师范大学出版社集团有限公司创意产业园内　邮政编码：541199）
开本：889 mm ×1 260 mm　 1/32
印张：9.125　　　字数：232 千
2021 年 3 月第 1 版　 2021 年 3 月第 1 次印刷
定价：49.00 元

如发现印装质量问题，影响阅读，请与出版社发行部门联系调换。

尘埃里的探险与修行

李满强

夏日的黄昏，我常常会独自登上县城对面的山。

山正对着旧时的衙门和孔庙，不知哪朝哪代的人给起了个很雅致的名字：文屏山。山不甚高，遍山皆树，山顶有庙，也不甚大，香火更是稀落。

到达山顶之后，我会面对县城，在土坡上蹲下来，点上一支烟，慢慢吸着，看天边的云彩变幻出奇特瑰丽的形状，看小城里的灯火渐次亮起……我似乎看到自己或步行，或骑着单车在小城逼仄的街道上穿梭、奔突的样子；而现在的我，是另一个我，拥有头顶灿烂的星空，脚下迷离的灯火，那些尘埃里经历过的喘息和挣扎，似乎和我并无多大关系……

在这漫漶的冥想之间，一些词语开始靠近我，敲打我，我在随身的小本子上迫不及待地记下它们：

i

爬至半山腰，山终于有点陡峭的意思了
那些被我远远甩在后面的，车流，人群
迅速窜起的楼群，都暂时成为
过去的部分

山中多歪脖子杏树，刺槐，荆棘
少松柏，梅花，竹子，少清秀之木

山中多泥胎菩萨，财神，土地爷
少狼吟，虎啸，不曾见得那白狐闪身

——即便如此，还有白云，虫鸣
还有星光和月亮呵
我可以就着秋风，斟上
满满一杯安静，对着那
尚在山下挣扎的自己说：
二满兄，请了！
　　　　——《山中》2014年

多么神奇！在这看似庸常随意的行走之中，一种叫作诗歌的事物诞生了。

事实上，从在这座小城里上高中，开始写第一首分行文字算起，二十八年来，我乐此不疲，默守着这种等同于修行的生活习惯。在一条看不见的小路上侧身前行，试图在寻觅和吟唱中，获取某种等同于神谕般的慰藉和发现。

同大多数写作者一样，我对文字最初的触动，纯属偶然。

我的祖上都是农民，世代生活在陇东一个名叫李家山的小地方。父亲在上个世纪五十年代上过生产大队里的扫盲班，是我们家唯一能算账、会写自己名字的人。记忆中，我们村唯一的纸质读物，就是公社里淘汰下来用来糊墙的旧报纸。同那个年龄的大多数男孩子一样，我的童年和少年时光，都在上房揭瓦、下河摸鱼、放羊拔草中度过。因为个子小，家里穷，学习差，内心一直笼罩在自卑的阴影里。但丰富的农村生活，注定是我写作中取之不尽的源泉和宝藏，也是我精神的归属之地。

1991年春天，我上高一。那时候，轰轰烈烈的"文学热"虽然已经处于退潮期，但在我生活的这个西部县城，诗歌仍然是神圣而美好的。在静宁一中由明代文庙改建而成的图书馆里，我第一次接触到了散发着浓郁油墨味道的诗歌。后来，我的一篇写"过年"的作文，被语文老师王克敬先生当作范文在两个班上朗读之后，推荐到一个全国中学生作文竞赛上，并最终获奖。这件事似乎点燃了我内心某种隐秘的情愫，我想，或许可以通过写作让自己自信起来。1992

年4月30号，我的第一首小诗在一家影响不小的中学生报纸上发表，这更加坚定了我要写下去的决心。

但青春期的写作，终究是狂热而盲目的。这种状态一直持续到2003年左右，在经历了落榜、复读、上大学、返回县城就业、成家、生子等种种生活的训谕之后，我发现了一个不容忽视的问题：即便那时候我已经发表了不少作品，但在高手林立的甘肃诗坛，我找不到自己的位置！

问题究竟出在哪里呢？

在冷静地阅读了别人的作品和审慎地分析之后，我得出这样一个结论：别人都有自己擅长的题材，他们都会紧紧抓住这个题材，挖深、挖透，形成了鲜明的特色和风格；而我一直是见什么写什么，犯了不够专一的毛病。这好比种庄稼，别人的地里要么种小麦，要么种玉米，而我的地里啥都种，看起来郁郁葱葱，其实啥都长不好。

想通这个问题之后，我开始从最熟悉的事物着手，写我的李家山。像是找到了矿脉，我写干旱中挣扎的庄稼，写废弃的庄院，写寡居半生抚养孩子的小脚老人……事实证明，"村庄史"系列作品，是一次成功的转型。2005年，《人民文学》前主编韩作荣先生曾写了三页的信，鼓励我把这个系列写下去。2005—2008年间，《人民文学》《诗刊》《飞天》等刊物相继刊发了这个系列，也是因为这个系列，我入选了诗刊社第24届青春诗会。

2013年春，第三本诗集《画梦录》出版之后，"村庄史"系列的写作基本告一段落。我的写作又陷入了停滞，接下来，该写什么呢？正好，有一个上鲁迅文学院全国中青年作家高研班的机会，我就去了北京。班上的同学来自五湖四海，都是有一定的创作实绩的青年作家。好多同学都在抓紧宝贵的时间创作，而我则像一个无所事事的人，课余时间，几乎都在北京的小胡同里游走，在酒桌上呼啸。

　　其实，那时候心里一直不曾闲着。那个问题始终在我的脑子里盘旋，答案似乎就在眼前，但我又抓不住、摸不着。清明节那天，学校放假，因为中午喝了点酒，酣睡了一下午，醒来已是灯火阑珊，肚子饿得咕咕叫。出门寻食的当儿，在一个十字路口，我发现两个人在跪着烧纸钱……那一瞬，我似乎被什么击中了，居然有点醍醐灌顶之感：我们生活的这个时代，人们的物质条件越来越好，但内心似乎特别脆弱而孤独……我们在这个时代生活过，为什么不放下对风物的浅薄抒情，去探究和反映当下人们的这种内心状态呢？

　　尤其是在生活的泥潭里挣扎的中年群体，似乎更具有浓墨重彩的书写意义。

　　一念及此，茅塞顿开，我便开始了"中年之境"系列的写作：写体育场里暴走的中年男人，写半夜在QQ上纠结的女邻居，写抑郁症患者……收入这本诗集的很多作品，就是这个题材的具体反映。

　　"我感觉很不舒服，医生

v

我肯定是病了!"

"那么,请说说你的症状吧!"

"少年时,我曾吞下太多的
赞美和宠爱。经常逃课
我曾偷过小朋友的玩具
用弹弓打碎过邻居家的玻璃
给一只麻雀浇上油,看着一团火
在天空里跌跌撞撞地飞"

"你的各项生理指标都正常"

"青年时,我经常痛饮自私的美酒
也沾染过狂妄的毒
我曾经爱过一个姑娘,但不满足于她
舌尖上有限的甜
我想摇身一变,成为众人叹服的偶像
拥有自己的骏马和疆场"

"但你的各项生理指标都正常!"

"现在已是中年,我的口袋里

有着足够的金币,掌声和玫瑰

我的父母健在,儿女成双,可我

还是觉得空空荡荡,半夜会忽然惊醒

在未知的道路上狂奔,无法停下来!"

"这种病,医学上没有好的治疗办法

不过,你可以试试这个古方:

闲情一克,书香五钱,舍得一两

以星空为药引,用清风煎服

如此,不出一载,即可痊愈!"

——《就诊记》2015年

  这种题材的写作,与其说是对现实的反映和描摹,倒不如说是一种人到中年的自省和自度。这个时间段落里,和所有步入中年的人一样,我的孩子在逐渐长大,而父母一天天衰老,直到最后,他们全部离开了我。我既是一个在生活的夹缝里侧身匍匐的人,也是一个试图用诗歌这种特定的艺术形式来治愈和鼓励自己前行的人。

  写作的过程,除了天分和勤奋之外,其实是一个不断开悟和自我否定的过程。纠缠一个写作者一生的，说到底，就是怎么写和写什么的问题。前者是技术问题，后者则是题材问题。我是一个愚笨的人，加之没有人引导，所以开悟得比较晚。在经历了二十多年的写作生活之后，近两年，在"怎么写"这个问题上，我不再拘泥和沉迷于对一些细节的描述；在"写什么"上，开始主动关注人与自然的关系，更多关注人的命运和未来。在内心，也更注重气息的养成。中国的古人讲究"精气神"，用现在的话来说，其实是视野和格局的问题。如一直纠缠于小我，那么我的写作肯定是小众的、狭隘的，也是没有前途的。窃以为，这是一个诗人成熟的标志，也是诗歌作为一种古老艺术形式存在的价值所在。

于是，另一个我也出现了：

早上，有人在微信圈里晒欢乐——
被景色、美食、衣物所高举着的欢乐
真实而渺小的欢乐，似乎不曾短暂地沉睡

正午时分，有人在彩笺上写下
"爱在黑暗中集聚，在激情中
磨损和消退……"

黄昏时候，一面镜子
忽然破碎。镜中的河流

忽然暴动和转向——

直到午夜，洪水退去
万里之外，一个婴儿的尸体
在淤泥中顺从地躺着——

我知道我，又死了一次
在我梦想过的21世纪
这如流水的一天
　　　　——《二十一世纪》2016年

　　我试图尽量避免一些大词、假腔，而是用大家熟悉的意象来回应这个时代的响声，试图透过某个切片和窗口，去探索和发现更多人共性的生活。这是我，一个小地方写作者今后试图做的事情。这两年，我喜欢上了游荡，从雪域高原到江南水乡，从沙漠腹地到南海之滨，都曾留下我的足迹。我渴望在行走中寻找活着的意义和答案，让内心的忧伤与热爱，找到精神的落点：

我曾豢养过老虎
野狼和狮子，在我年轻的时候
我以为那就是闪电，刀子和道路

不惑之年，我更愿意豢养

一匹蝴蝶。它有着弱不禁风的身躯

但能穿过三千多公里的天空和风暴

漫长的迁徙路上，它们

瘦小的触须，每时每刻

都在接受太阳的指引

在我因为无助而仰望的时刻

黑脉金斑蝶正在横穿美洲大陆

仿佛上帝派出的信使

——《黑脉金斑蝶》2016年

时隔多年，许多青春期一起写作的朋友都改行做了其他，都活出了自己人生的精彩。在一些久别重逢的聚会上，酒酣耳热之际，他们大都会睁大了通红的眼睛质问我：你还在坚持写诗啊！我倒是坦然，立即起身纠正：我不是在刻意坚持，是率性而为。私下里，我是把写诗当作一种自我修行的方式。关于诗歌的理论，我说不出多少，关于新诗的争论，我也不想涉足其中。于我而言，诗歌如同一条隐秘的河流，数十年来，一直在我的身体里穿行，它让我开心、愉悦、兴奋，但不癫狂；它让我忧伤、冥思、流泪，但不绝望。我选择了这种方式，也迷恋这种方式。在阅读和写作中，我完成了自我的救赎，也获得了内心的安宁。

收入这本诗集的这些篇什，我个人觉得并没有什么明显的艺术特色，如果有幸被一些读者读到，并喜欢其中的几句，那将是我作为诗人的幸运。这本诗集里还收录了两首小长诗，那是自我否定的一个侧影。

写到此处，应该回到这篇文字的题目上来。在白天，我是某单位的公务员，是父亲，是众多尘埃中匍匐奔走的一粒；而在星空闪烁的夜晚，我是携带着词语登山的人。在一遍遍的登攀之中，我曾看到过那些草木之中闪烁的萤火与微光，也曾握住过那些头顶滚动的闪电与雷霆……它们构成了一个精神冒险者、救赎者、修行者隐秘的精神地图。当我在山顶上抽完一根烟之后，我把目光收回来，我看到身边和远处耸立的更高的山，我看到了那群峰之上，有花朵在开放，有云霓在招手，有鹰隼的翅膀在呼唤，于是，我又动身了！

最后，请允许我以这本集子里的一首旧作作为这篇短文的收尾：

他们说，你看，
那就是氧气，是青铜
是鹰隼的翅膀
我抬头，寂静的天空里
空空荡荡

但我相信氧气存在着。青铜的骨骼

仍在继续生长

星空还在我们的头顶闪耀

闪电的花环

正在白云的内心编织

还有一个字!

我不说它已经很久了。即使

在酒酣耳热的时刻

更多时候,我几乎以为

它在人类的字典里已经失踪

但我又分明感觉到了它的存在——

这些虚无的事物

看起来一无所有

却能给我们以长久的安慰

——《迷恋一些虚无的事物》2014年

以上文字,实属赤膊上阵,坦露心迹而已,忝为自序,还望不要贻笑大方则好!

庚子年六月二十于静宁

目 录

「辑一」 预 言

- 003　梦中三日
- 004　活着
- 005　在这苍茫的人世
- 006　传说
- 007　神迹
- 009　未来之诗
- 010　整理骨头
- 012　自由
- 013　迷恋一些虚无的事物
- 015　黑脉金斑蝶
- 016　二十一世纪
- 018　内心博物馆
- 019　诞生
- 021　背叛

023	预言
025	镜中
026	稻草人
028	死去的人如何描述他生活过的时代
030	会饮记
032	中年之境
034	清明帖
036	过宋庄
038	给一个兰州诗人的信
040	亚洲
042	艰难的时刻
043	数乌云
044	抑郁症
046	面具店
048	女邻居
050	钟声
052	秩序
054	假牙
056	就诊记
058	悼念MH370失联航班遇难者
060	被我动用过的……
062	嫌疑犯
064	什么能比词语更坚硬一些
066	身体里的陌生人
067	暴走者
069	旅行箱

071　春天的社会学
073　山中
075　孤独传
077　左手和右手
078　落日谣
080　怀抱鲜花的女人
081　三日谈
083　失败之书
085　两个世界
087　暴雨中的事物
089　线索
091　一条铺满虫鸣的小径
093　偏见

「辑二」　深　处

097　一个村庄的精神构成
099　在老屋门前栽了一棵树
101　薄情的人在秋风里沉默
102　闪电花环
103　葫芦河，秋日
105　秋天的杜梨树
106　在Z城，观察一条河流
108　南河桥记
110　新兴小学

112	通灵记
114	四点钟
116	父母课
118	大修车间
120	二十二床
122	答案
124	苍耳
125	清明
127	一个老人在街道上数纸币
129	一只旧水桶
131	大年初一的早上
133	喜娃
135	它会怎么想
137	果园里锄草
139	省道 304 路口，正午
141	逃离村庄的树
143	十年
145	去年栽下的树
147	可怕的事情正在发生
149	银镯记
151	深处
153	毛驴之诗
156	请求
158	寄苹果
160	给叶梓的信
163	另一条河流

165	送行记
168	拯救父亲
170	柏树
171	去果园里看父亲
173	饮秋风
175	死亡对话
177	秋夜，登文屏山顶
179	重新寻找一个名叫李满强的人
182	一个梦
183	戊戌秋日，父亲坟前
185	己亥夏日，与太白对饮
187	戊戌年秋日，与父亲对饮
189	四十三岁生日，与自己对饮
191	与杜甫书

「辑三」 线　索

195	沙之书
197	途中的事物
199	瓜州月
200	五台山礼佛记
201	野佛
202	山中遇雨
203	莲花台的桦树在蜕皮

205	火遁者
207	赛罕塔拉
209	天边
210	途经拉卜楞
212	等光来
214	在青草里打了个滚儿
215	曼日玛
216	黄河上游
217	尕海
218	缘由
220	汉中记
222	问路者
224	石门帖
225	汉江落日
227	在新疆
228	高处的博格达
230	布尔津一带
231	靠着一棵白桦坐下来
233	达坂城：黄昏一瞥
235	羊的河
237	雪地里的乌鸦
238	赞美
239	须臾之间
240	鸟儿问答
242	山中岁月
243	落日颂

244　明月见
246　一面湖水
248　野瀑
250　西域谣
259　轮回帖

「辑一」

预言

梦中三日

第一日用来见面。第二日
我们喝酒。登山。一起采集星光
与众峰比肩

第三日就用来告别吧
十里长亭,小酌一杯,作鸟兽散
余生陡峭。后会无期

2016年

活着

当我活着,我仅仅是
我的一部分。亲人是一部分
粮食和天气是一部分

盐和钙是一部分。词语
是一部分。星空和祖国
是另一部分

2017年

在这苍茫的人世

我们喜欢了什么

就接受了什么

我们接受了什么

就会依赖什么

我们依赖什么

就会失去什么

2019年

传说

当母驼拒绝为幼驼喂奶的时候
据说,蒙古高原的牧人们
会请来专门的琴师,给狂躁的母驼
拉马头琴曲——

被琴声感动的母驼
会慢慢安静下来,她硕大的眼睛
最后会涌出浑浊温暖的泪水
而此时,她不再拒绝小驼的祈求
顺从地,任小驼吮吸那可以活命的乳汁

——在我看来,对牛弹琴,虎坐莲台
都不是传说,是万物秘不可宣的法则

2016年

神迹

前些年在乡下
我曾有幸见过一棵被闪电
夺取头颅的大树
他黑着脸,站在一群
葱茏茂盛的树木中间

有一刻,我以为他已经死掉了
但走近的时候,我发现一些藤蔓植物
正缘着他笔直的身子攀爬,上升
松鼠一家,在树洞里自由出入
而一茎新芽,也从树节上挣脱而出

一棵行将就木的大树
他没有逃跑,扑倒。没有被风声
雨声左右。他倔强地站在那里

接受着星光,露水和花朵们

由衷地赞美

他黑色的树干上

挂满了祈愿的红布条儿

据说疲惫的旅人,如果靠着他

坐上一会,就会重新获得

闪电的勇气

2017年

未来之诗

把翅膀还给天空
但不要给它镶上黄金

给天空一把梯子
但不要把星星摘下来

给星星上的人送去空气和水
但不要送给他们会写诗的机器——

在浩瀚的宇宙里,每一个眼神
掌心里的纹路,都不需要什么来代替

2017 年

整理骨头

坟墓打开的时候,他忽然停止了哭泣
曾经壮硕高大的父亲,现在只剩下几块骨头
像叶子落尽的树,躺在阴湿的黄土里

请来的阴阳师傅,开始细心地为父亲整骨
头骨、长骨、短骨……啊!
他看到了父亲宽大的手掌骨,童年时
那曾击打过他的屁股,又摩挲他头发的手掌
现在只是一些被风吹散的断枝:
没有了温度,也失去了重量

给父亲迁完坟之后的夜里
他把自己脱了个精光,在床上
辗转反侧。左手紧紧抓住右手
用力拿捏着自己——

时间已是中年,他开始提前

为自己整理骨头

2016年

自由

过斑马线，一定要记得得给流浪狗让路
即便是地铁拥挤，也不要轻易打扰一个正在读书的人
取款机旁遇到戴口罩的年轻男子，你得留心他的善意
但如果想顺利通过机场安检，那就请你顺从地举起
双手……

在马路上捡到一分钱，你不用
急着交给警察叔叔，可以选择丢进乞讨者的饭碗
倘若你看到一个摔倒在地的老人，请你三思
之后，可以选择扶起来

怀揣理想的鸟从天空飞过
为米粒奔波的蝼蚁从尘埃里爬过
你看，街道两边树木虽然都被园林工人精心修剪过
但他们都有着一张向往自由的脸

2018年

迷恋一些虚无的事物

他们说,你看,

那就是氧气,是青铜

是鹰隼的翅膀

我抬头,寂静的天空里

空空荡荡

但我相信氧气存在着。青铜的骨骼

仍在继续生长

星空还在我们的头顶闪耀

闪电的花环

正在白云的内心编织

还有一个字!

我不说它已经很久了。即使

在酒酣耳热的时刻

更多时候，我几乎以为

它在人类的字典里已经失踪

但我又分明感觉到了它的存在——

这些虚无的事物

看起来一无所有

却能给我们以长久的安慰

2014年

黑脉金斑蝶

我曾豢养过老虎
野狼和狮子,在我年轻的时候
我以为那就是闪电,刀子和道路

不惑之年,我更愿意豢养
一匹蝴蝶。它有着弱不禁风的身躯
但能穿过三千多公里的天空和风暴

漫长的迁徙路上,它们
瘦小的触须,每时每刻
都在接受太阳的指引

在我因为无助而仰望的时刻
黑脉金斑蝶正在横穿美洲大陆
仿佛上苍派出的信使

2016年

二十一世纪

早上,有人在微信圈里晒欢乐——
被景色、美食、衣物所高举着的欢乐
真实而渺小的欢乐,似乎不曾短暂地沉睡

正午时分,有人在彩笺上写下
"爱在黑暗中集聚,在激情中
磨损和消退……"

黄昏时候,一面镜子
忽然破碎。镜中的河流
忽然暴动和转向——

直到午夜,洪水退去
万里之外,一个婴儿的尸体
在淤泥中顺从地躺着——

我知道我,又死了一次

在我梦想过的21世纪

这如流水的一天

2016年

内心博物馆

每个人的内心
都是一座藏品可观的博物馆：

有人收藏黄金，也收藏羽毛
有人收藏灰尘，也收藏星星

有人收藏了刀子和道路
有人收藏了落日和陷阱

而我迷恋于收藏一些过期的火车票：
收藏着半生途经的山川与河流——

我怎么会忘记？那每一次离开和抵达
火车都会爆发出一声撕心裂肺的长鸣

2017年

诞生

秋日的下午,我在喝茶
一只蜜蜂忽然飞进了我的书房
巨大的轰鸣声,让书柜里的隐居者
面面相觑,不敢做声

但显然,它是迷路了
这十平米的空间里,没有它想要的花朵
蜜糖和露水。这不是它的家园
天空和祖国

在一本老旧的书上
它居然停了下来,大概两三秒的样子
然后绝尘而去,没有丝毫迟疑
仿佛一道突兀的闪电

当我从书架上抽出那本诗集

我确信这个秋日的下午,一只

忽然闯入的蜜蜂,和它诡异的停顿

惊醒了一个熟睡的魂灵

2018年

背叛

忽然之间,我惊讶于
一些熟悉的事物,开始陌生
譬如,一些再熟悉不过的字——

譬如"手"
那长长的一竖
无论我怎么用力,它
都不会像年轻时站得笔直

譬如"口"
下面的一横
我小心翼翼,它
还是留下了很大的缺口
像我中年干瘪漏气的嘴巴

就连最简单的"人"字

我也是写不好了

后面的一捺,歪歪扭扭

像一棵在暴雨闪电之中

犹豫挣扎的树——

这简单的书写之中

我距原来的我,愈来愈远

2016年

预言

最先疯掉的不会是嘴巴的信徒
即使他厌倦了说话,他手中的扩音器
也丝毫不会减小音量

最先疯掉的也不是道义的屠夫
他从未停止过发言,还在通过
刀子不断地强化对生活的质问

那么,哑巴会不会疯掉呢?
在21世纪,这似乎也不大可能
他们有手语,有互联网和触摸屏

现在,真相快要揭开了——

那个中了头彩的人,不可能疯掉

那个沿街乞讨的人,也不可能疯掉
最先疯掉的
可能是一个在纸上索取真理的傻瓜
也可能是一个个儿童般单纯的大脑

2013年

镜中

那个灯前枯坐的僧人
用入定的眼神
捏造了一次肉体的飞行

那个纸上索命的人
用词语的毒药
捏造了一场内心的沉沦

那个手握泥巴的人,你看
在乌鸦们聒噪的时候
独居一隅,成功捏造了一壶安静

更远的地方
白云捏造着虚无的爱情
风声捏造着时代的朽木

2013年

稻草人

稻草人站在田地里
年复一年,日复一日

假如它是有心的
它必定是遵从了道德和法律
恪尽职守,鞠躬尽瘁
直到被风吹散

假如它是有心的
它必定会对那些犹豫的鸟雀说
别怕,我只是
人们安置的傀儡——

假如它是有心的
在每个缀满星星的夜晚,它会

卸下稻草的外衣,去溪流边洗脸

去林子里,和狐狸们幽会——

在这一切假设都推翻之前

你瞧,稻草人还站在烈日下

它们,仅仅是生活

一个尴尬的比喻

2016年

死去的人如何描述他生活过的时代

转基因稻谷要高于一般稻谷;服用了激素的鱼
要大于自然生长的鱼;高铁和飞机的速度
要快于毛驴和马匹。你看他们的手
都伸到了上帝的屁股下面了
还在用谎言来武装越来越虚弱的真理

"大道之上,皆是歧途"
去韩国的游客,不是为了学习禅悟之道
大多是冲隆胸术和美容术而去
飞越太平洋的人,只是想印证海水的另一边
究竟是火焰,还是上帝的自由居所——

我如尘埃的一生,一直在练习悬浮术
在练习与草木牲畜为邻,与风和解
我曾在互联网上,用一天过完漫长平淡的一生

最后死于与"物"的战争。我曾用娱乐的灰烬
深深掩埋过自己

2015年

会饮记

告诉你,我已经迷恋上了这杯中之什
迷恋上了这五谷精气,舌尖上的滚动的火焰
但我不会独自举杯。竹林已远,明月已远
时代的天空里,到处是雾霾,是马达声,是娱乐明星们
在无节制的聒噪;是失去方向的羊群,慌乱奔走
是毒奶粉在进入新生儿柔软的肌体;是尿素浇灌的豆芽
有着洁白青绿的面孔;是地沟油被再一次搬上餐桌
但它有着我们无法抗拒的色泽和香味

我从来不曾迷信:"古来圣贤皆寂寞,惟有饮者留其名"
我宁愿相信:"但得酒中趣,勿为醒者传"
所以请举杯吧!癸巳已逝,甲午在前
哦,甲午!一个让我无限伤感的年份
百年倏忽。但我将旧事重提,并且
要为你高举这手工酿造的青稞汁液,这一刻

你看那些古人们都回来了！来吧
伯伦、孟德、太白、子瞻、戚元敬、邓正卿……

且让我们一起举杯！天地虽大，无非
在这杯盏之中。时空交错，疼痛还未愈合
而大河仍在奔流；昆仑群峰，仍在长成。
且饮了这一杯！
饮出肝胆之意，虎豹之气
饮出流水匆忙地坚守，清风徐徐地拒绝

且饮了这一杯，请让我
在内心再一次这样复述：
"倘若你已苏醒却不觉得痛苦，
须知你，已不在活人世界"

2014年

中年之境

如今，我喜欢上了晚饭后的散步
从印刷厂家属区步行到一中后门
约等于我从青年进入中年的时间
在这短暂的时光里
我将依次经过：一家卖夫妻用品的药店
水果铺蔬菜摊，旧电器维修部

我似乎是在倒着走回去——

一中的操场边上
我会踟蹰：那些青春单薄的身影
正在课本的迷宫里踱步。有着我当年的样子
有时候我会耐心地去观察
一匹蚂蚁搬运米粒的过程
长久以来，我迷恋于天空和远处的事物

而现在,我学会了低头

偶尔会遇到一些熟人
我会微笑着和他们打个招呼
但保持着适当的距离
对那迎面而来的仇人
我已经准备了握手言欢
并将报以善意的祝福

我常常会看到——
夕阳像一个巨大的感叹号
迅速划过西面的山顶
那些不明所以的风
正在运送着石头和星辰

2013 年

清明帖

癸巳年清明，我客居异乡

清茶一盏，信手翻书

但更多的人正在路上

手攥盗版的冥币

兑水的烧酒和

打折的乡愁——

我看到无数的先贤

满怀欢喜地迎着他们走来

有几个我似乎认识，他们是

先秦诸子，盛唐的李杜

后面的几个

好像是明清的张岱和民国的

某某

再后来，就只剩下一些模糊的影子

现在的问题是，他们中间隔着
一座没有神灵的庙宇
一个没有雨水和杏花的春天
隔着商业的老虎
货币的血盆大口——

一阵风刮过
你看那些先贤们
已经惊慌失措，乱作一团
担心那些远道而来的子孙
会认风作父，李代桃僵

2013年

过宋庄

四岁的柴秀嘉木
有着这个年龄罕见的单纯和快乐
他在不停地踢动一颗石子,当石子
瞬间划起一道弧线
他就竖起拇指,小嘴尖利地呼啸着
脸上泛起幸福的红晕

在宋庄四月的寒风里
他的父亲走在后面,和我们
轻声谈起遥远的康巴地区
仿佛是怕惊动了雪山上修行的生灵
这孤独的骑手,蓦然苍老
眼睛里有着雪山宁静的孤傲

"人驰宝马门前过

我赶羚羊乡间行"

小北街逼仄的巷子两边

艺术的花朵们,还没有完全绽放

尚在冬眠的大师,梦见了嚎叫

等待飞翔的枝条,梦想着雨水

当我和春芽在808路公交车站

握手告别,当柴秀嘉木

泛着红晕的小脸蛋

迅速退隐在人群的后面

我看到车窗外,云层里突然炸开的光

正在涂亮这个有些荒凉的春天

2013年

给一个兰州诗人的信

人到中年,该换一种活法
要远离肥羊和大酒,把那美好之物
让给远道而来的朋友。牛肉面虽好
但不能天天吃。可以去大众巷
喝一点灰豆子和甜醅,这清淡之物
可以降血压,也可以明心性

翻书是一辈子的事,不要老坐着
有时间了就去黄河边走走
可以在茶摊上坐下来,看一只飞鸟
怎么迅疾掠过河面。也可以向一棵怪柳
打听路过的风声,远赴河西走廊的马群
保持对日常之物的热爱,是必要的

如果你喜欢流水,还可以

和年轻的朋友一起,在兰马上一试身手
出于对一门古老技艺的敬畏
你得尝试着去爬山,在那南北高处:
有着人们对这座城池的赞美和依恋
也有着我们未曾省察的幻灭和希冀

2018年

亚洲

"二满兄,我梦见你了!
就在昨晚,那风雨肆虐之夜……"
微信上,她有着灿烂的笑

事实上,我们只见过一面
在兰州的酒馆里,众多
执杯相碰的人群中
我们对视了一眼,不到一秒的样子

但我确信她的梦是真的
同样的奇迹,也曾在我的身上发生
某个夜晚,我和一个余生
再也不愿见到的人
在梦里会面,她甚至还微笑着

我甚至梦见过喜马拉雅的雪

梦见印度的丛林里,老虎

在悠闲地漫步;尼泊尔的山崖上

一个等风的人。但我的确没有梦见过日本

和太平洋上,一场正在酝酿的海啸

2015 年

艰难的时刻

总会有这样的时刻——

乌云在天空盘旋着,鸟儿的翅膀
消失在云层背后。丁香花完全枯萎了
大地如同一页涂满死亡之词的废纸
在更远的地平线,连一棵树都没有

人群忽然四散开来,他们奔跑着
呼喊着,但你什么都听不见
一切多么像一部默片的高潮部分

就是在这样的时刻——

你站着,你跪着
你都不是自己

2014年

数乌云

乌云有着人们想要的形状
在你我都被它覆盖的那一刻
他可能是乌鸦,熊罴
或者奸诈的鬣狗

乌云也有着人们想要的味道
当我们被无常淹没的时候
它可能是眼泪,肝胆
或者是头颅低垂的苦瓜——

好吧,你已深陷苦难的重围
哎呀,你将接受邪恶的赞美

2016年

抑郁症

"我觉得闷闷不乐,情绪低沉
经常性便秘。体重在持续下降
容易激动生气;我似乎是一个无用的人
没有人需要我……"

时至中年,他重新拿起笔
在一张海斯曼心理检测软件上,小心翼翼地
反复勾画。每勾选一项
似乎内心的阴影又加重了一重

"我渴望有一小块向阳的土地
种着瓜果蔬菜。牵牛花和金丝莲们
在竹篱上彼此纠缠。但40岁了
这个梦想离我愈来愈远……"

"而生活的真相,只不过是一层窗户纸
一捅就破。在爱与罪之间
在活着和生活之间。我只不过
是一个走钢丝的人。步步惊心
却又波澜不惊……"

——这个春日的下午,他
皱纹纵横的脸,日渐磨损的脚掌
被足够多的阳光照亮
也陷入虚妄的泥沼,无法自拔

2015年

面具店

商店里摆满了各色面具
红脸的,花脸的,当然也有
白脸和黑脸的。有一些荒诞诡异
也有一些,庄重严肃

"随便挑一个吧,先生
戴上它,你就可以发现
另一个自己……"
店小二似笑非笑,是众多面具里
最常见的那一款

"我用了四十年,打造了这副肉质
面具。如今它皱纹纵横,颜色斑驳
我也累了,我想摘掉它
可我怕熟悉的人们认不得我……"

这个中年男人,在面具店里
左右踌躇。他曾经幻想着
能拥有一副惹人瞩目的面具
现在,这一切似乎触手可及——

而他开始犹豫。他内心的镜子
在物质的洪流里,正在
迅速破碎

2015年

女邻居

"今天天气不错……你下班了？"
"是啊。时间过得真快……"

楼梯口，我和她不可回避地碰在一起
人到中年的女邻居。有着考究的衣着
也有着，拒人千里之外的冷：
我侧身。她提着刚买的蔬菜上楼

午夜的时候，手机 QQ 上的头像
忽然闪亮。熟悉而陌生的女邻居
湍急地发问："在吗，睡了吗？
能不能陪我说说话？"

"好吧，你说……"

"我们结婚十多年了,生活稳定
儿子可爱。可为什么他要离开
去和一个发廊的女人结婚?
我咽不下这口气……"

说到此处,我似乎记起
真的很久没有看见男主人的身影了
每天见面点头寒暄的女邻居。今夜
深陷泥潭的女邻居。其实
我和她的生活,仅仅
隔着几米水泥的距离

2016 年

钟声

那是在清晨,我尚在睡梦之中
"铛……铛"的钟声,从遥远的天际传来
我忽然惊醒。侧耳倾听
但窗外只有汽车的轰鸣,小贩们
电动喇叭的叫卖之声

钟声从何而来?这让我疑虑
很久以前,这个城市的百货大楼上
车站的候车大楼上……都有古旧的大钟
每到整点,悠扬的钟声都会响起
提示在小城里行走的人们:
是时候了……

但后来,这些建筑和那些钟声
一起消失在拆迁改建的潮流之中

窄小的街道上,挤满了蜗牛一般
爬动的汽车和人群,我的耳朵里
聒噪不断,而又空空荡荡

钟声究竟从何而来?
在一个被速度和雾霾俘虏了的时代
我已经认同于河流和风声的去向
一些陈旧的事物,为何如此固执地
要将我从睡梦中唤醒?

"或许是的,是时候了……"

2015年

秩序

"万物自有它们的内心和秩序"——

这样说的时候,我就想到那只狗
它的半边脸是黑的,另外半边
是白的。我刚到这里的时候
它似乎对我有着世俗的警惕和
新鲜的敌意

我常常会因它而陷入尴尬:
我进门的时候,它一声不吭
(但是见了它的主人,它的尾巴像花束一样摇动)
我下班回家的时候
它会不依不饶地朝我吼叫
似乎在提醒我:你是一个不受欢迎的人

说实话,那时候我很讨厌这条狗
和它内心的秩序!

直到有一天
我看到三只流浪狗,追着这条狗
扑打它,撕咬它
它无助地哀鸣着,四下逃窜
它的主人,闭门不出

后来它不知去了哪里——

我常常会望着窗外
想起那条狗。我甚至有些想念它
和我之间的距离,以及它赐予我
古老的敌意

2013 年

假牙

如何让一张嘴获得新生?
时值中年,许多事他不再轻信
但他相信无所不能的现代技术
在镊子、钳子和麻醉剂的辅佐之下
那些锋芒毕露的尖牙;那些
做贼心虚的龋齿;那些
面目全非的过去:都一一
应声而落

堪称完美的配型,恰如其分地嵌入
全烤瓷的假牙。价值不菲
洁白、整齐。有着工业整齐划一的面孔
在外人看来,那些牙齿
比真的似乎更真一些。就连那
唇齿之间重新说出的词语

似乎有着更深的可信度

但是且慢！
每天深夜，入睡之前
当他取下假牙，放在桌子上
当他习惯性地摸一下
一无所有的牙床
生活一下子就露出了
比原来更深的破绽

2015 年

就诊记

"我感觉很不舒服,医生

我肯定是病了!"

"那么,请说说你的症状吧!"

"少年时,我曾吞下太多的

赞美和宠爱。经常逃课

我曾偷过小朋友的玩具

用弹弓打碎过邻居家的玻璃

给一只麻雀浇上油,看着一团火

在天空里跌跌撞撞地飞"

"你的各项生理指标都正常"

"青年时,我经常痛饮自私的美酒

也沾染过狂妄的毒

我曾经爱过一个姑娘,但不满足于她
舌尖上有限的甜
我想摇身一变,成为众人叹服的偶像
拥有自己的骏马和疆场"

"但你的各项生理指标都正常!"

"现在已是中年,我的口袋里
有着足够的金币,掌声和玫瑰
我的父母健在,儿女成双,可我
还是觉得空空荡荡,半夜会忽然惊醒
在未知的道路上狂奔,无法停下来!"

"这种病,医学上没有好的治疗办法
不过,你可以试试这个古方:
闲情一克,书香五钱,舍得一两
以星空为药引,用清风煎服
如此,不出一载,即可痊愈!"

2015 年

悼念MH370失联航班遇难者

时间又一次动用了它无情健忘的法则——

当那只从吉隆坡起飞的大鸟
诡异地消失在雷达屏幕的中间。消失在
茫茫夜色之中。一年了
当那铺天盖地的报纸头条、电视直播
被新的娱乐新闻、隔壁邻居打架的消息
再一次无情地遮蔽。谁还记得
仅仅是一年前
新闻发言人的严肃表态，记得
遇难者家属纷飞的眼泪？

是的，时间又一次动用了无情健忘的法则
动用了修改和删除
生活的列车，还在

正常的轨道上继续高速运行
而我宁愿相信，这仅仅是
那只大鸟，和我们开了一个不大不小的玩笑
是短暂的"失联"。那227双不同颜色的眼睛
一定在宇宙的某处望着我们——

并且说："活着只是偶然，而死亡和遗忘
乃是这个时代的必然和宿命"

2015 年

被我动用过的……

我会因为在这个时代活过而万分羞愧——

为了女人,我曾动用过
春秋时候的蒹葭
唐朝的小雨,宋代的桃花

为了活着,我曾动用过
尘土的心,罂粟的毒
动用过锈迹斑斑的矛和盾

而现在已是黄昏——

我动用了鸽群和广场
一丝理想主义的风
动用了放风筝的少年

散步的中年，佝偻如草的老年——

你看那大海停止之处，时间
已经动用了落日与鸦群
修改和删除

2013年

嫌疑犯

给孤独失意者
送去干净的纸巾和语言的创可贴
给街头流浪者
赠予回家的道路和意志的维生素
给那个操场上奔跑的孩子
指给一片蔚蓝的天空和可能的远方
给脚手架上挥汗如雨的民工
虚构一片遮阴的白云和故乡的田野

这还远远不够！

我还要给那白日做梦的人
送去醍醐灌顶的惊雷
给小肚鸡肠的算计者
他们渴求已久的利益和好处

如果和多年前的仇人狭路相逢
最好的办法,当然是相视一笑
但我不会容忍那些传播谣言的人
要让那无孔不入的风,立刻停下来——

其实,我只是一个差点就要缴械投降的失败者
暂时隐匿在这苍凉的人世

2015 年

什么能比词语更坚硬一些

那个披头散发的女人
站在东拓的街道边上
嚎啕大哭:
"听说你是个诗人,你写一首诗吧
救救我的孩子!"

"我关了乡下的门
送她来城里念书
谁知她竟然在洗头房里……
叫我怎么给在新疆打工的男人交待啊
还不如一刀杀了我……"

在她单薄无助的身影背后
几家一字排开的洗头房
几盏灯,在挤眉弄眼地闪着

粉红的门帘，像是

那些衣着暴露的女子们暧昧的眼神

但我仅仅是一个手握词语的人

那些手握法器的人不读诗

那些传授礼仪的人不读诗

即使我在这里写下，仅仅是

完成了一次自我的安慰和救赎

如果我是一个手握石头的人就好了

我宁愿不写这首诗，而是将手中的器物

变成老虎和弓箭

变成药丸和手纸

2013 年

身体里的陌生人

我的身体里住着一群陌生人
他们驾鹿车，携美酒，经常痛饮
可大呼："死便埋我"

可写洋洋洒洒的绝交书
可于山林间，长啸短吟
抚奏《广陵散》——

这些陌生人，时常
会在我的身体里制造一场暴乱
他们用词语和气息，敲打着我
钙质越来越少的骨头。说

"醒醒吧，你是众多的一个
但绝不在他们中间"

2015年

暴走者

看见他的时候,他正在体育场的环形
跑道上。挥汗如雨
寸草不生的头顶,因为
运动而呈现出回光返照的迹象
脂肪堆积的身体
看起来像一只呆笨的企鹅

在此之前,他一定是暂时放下了
掌声和玫瑰。放下了
下属的请示汇报,上司的冷嘴脸
放下了酒桌上的呼啸
牌桌上的委曲求全
放下了患老年痴呆的老母亲
将要高考的儿子

人到中年，他

才开始蹒跚学步。这怨不得他

多年来，他的左腿

曾被物质长久绑架

他的右腿，患有欲望的

小儿麻痹

在剩下的时间里，他得把丢失多年的自己

找回来——

在黄昏的风里，这个中年男人的脚步

越来越快，越来越轻

轻到似乎要狠狠地甩掉

沉重的肉体和前半生。似乎要

跌跌撞撞地

飞起来

2013年

旅行箱

亚麻色的旅行箱
没有上锁的旅行箱
不安地站在书房一角

偶遇者的名片
几张废旧的车票
似乎从来没有被掏空过
磨损的小轮上,残存着
异乡的气味

它曾经装满了对道路的新奇和忐忑
划过清晨的街道。曾经
被不停地搬动,挤压。曾经
借用过汽车、火车、飞机的
假肢。获得短暂的今日

时至中年,旅行箱
还在深夜里不肯睡去
在它的开合之间
站着两个完全陌生的人

2014年

春天的社会学

失眠的人,在清晨

按住内心汹涌的大海

从乱石堆里起身

他看到:日月星辰

飞云和闪电……都一下子

从泥土里冒出来

啊,他甚至看到了一个哑巴

开始对着雨水歌唱,他看到——

两个耄耋之年的人

手提青菜,挽着余生

边走边在议论着:

"那个把自己嫁给理想的人,

到头来却被远方无情地抛弃……"

——在春天,世间万物

都未能幸免于这温暖的浩劫

2017年

山中

爬至半山腰,山终于有点陡峭的意思了
那些被我远远甩在后面的,车流,人群
迅速窜起的楼群,都暂时成为
过去的部分

山中多歪脖子杏树,刺槐,荆棘
少松柏,梅花,竹子,少清秀之木

山中多泥胎菩萨,财神,土地爷
少狼吟,虎啸,不曾见得那白狐闪身

——即便如此,还有白云,虫鸣
还有星光和月亮呵
我可以就着秋风,斟上
满满一杯安静,对着那

尚在山下挣扎的自己说：

二满兄，请了！

2014年

孤独传

"你侵犯了我的孤独

一些赖以存在的能量,正在消失……"

千里之外,河流开始涨潮,汹涌

有着决堤的危险

"我将选择闭关

拒绝和这个世界和解"

哦,黑夜里持烛

给自己照亮的人,她看到了命运的方向

"我必将与自己为敌

以获取活着的真相!"

在这众声喧哗的时代

她兀自豢养着十万亩孤独

每一株孤独,都还在持续生长,分蘖

有着豹子的斑纹和质地

2013年

左手和右手

午夜的时候,他起身
去阳台上抽烟

城市隐藏在无边的黑暗里
只有远山的轮廓闪现

烟蒂熄灭的时候,他的右手
小心翼翼地握了一下左手

——他的左手上,有蜂蜜的甜味
他的右手上,有着蜂刺过的红肿

2016年

落日谣

我曾见过故宫的落日。夕阳下
漆黑的鸦群,高踞于
古槐们遒劲的枝丫之上
似乎是一个古老的比喻

我也曾在李家山的落日中逡巡
当我从暮色中回过神来,落日
正在动用最后一丝光线
为我屋檐下的母亲加冕

后来,我就被边地的落日俘虏
当那最后的光,越过乌云的藩篱
照射在普者黑的万亩荷塘之中
有人陈仓暗度,有人万箭穿心——

你瞧,同一盏落日下

万物有着迥异的倒影

2018年

怀抱鲜花的女人

怀抱鲜花的女人
她一生去过三个地方:
礼堂、病房和墓地

怀抱鲜花的女人
她经历过一天中的三个时辰:
黎明、正午和乌云低垂的黄昏——

怀抱鲜花的女人
我看不清她的面容。但我知道
她是我的女儿、妻子和母亲

2014 年

三日谈

第一日,他删掉微信,QQ
切断电视电源,关闭手机
决心做一个简单的人。不问世事
回到魏晋。读庄周的书,吃茶
在阳台上豢养一匹蝴蝶

第二日,他研墨,用素笺
给佛陀写信,辨"断""证"之法
他开始饮酒。黄昏之时,他下楼散步
遇到聊斋之人。他摸出手机
想给童年打一个电话

第三日,太寂静了!他终于放弃了书本
打开了手机和电视:
手机安静,没有人在乎他这两日去了哪里

但电视一片热闹：美国的F22飞抵菲律宾

越南的船只，还在南海横冲直闯

"是不是将有一场战争？"他嘀咕着

而那个78岁的可爱老头布拉特，在巴西

激情地演说："此刻，就在此刻，让我们尽情享受欢

乐吧！"

哦！世界杯又要来了，这短暂的轮回之中

一切均未发生，一切都已发生

2014年

失败之书

人到中年,我能给予的
越来越少

越来越少的正义,激情
越来越少的担当。哦
很多年了,我都无法再去直面
理想这头可爱的怪兽

越来越少的爱,悲悯
同情,安慰。给亲人们打电话
电话通了,我却经常忘记要说什么
距离老家不过六十公里,但我很少回去
村口的老槐树,让我不敢直视

这些年,我看到过大海,经历过沙漠

也曾在草原上喝醉，但

我还是不能够像他们一样开阔和坦诚

这些年，爱过一些女人

但我至今都无法理解什么是真正的爱情……

越来越少，越来越小

但即使我匍匐着

一些东西却在成倍地增长

眼睛里越来越多的苍茫

骨头里越来越多的轻

2014年

两个世界

如此安静的一天,在鸟鸣声中
醒来。你能分辨出那些鸟儿
分别是布谷,斑鸠和灰喜鹊

园子里,两三朵花兀自开着
有风的时候
它们会朝你点头微笑。更多时候
它们只忠实于自己的芳心

亲人们都下地去了,果园里的青草
一年比一年茂盛。人们正在迅速衰老
这是劳动和时间的赐予
你无法拒绝,只能领受

天似乎要下雨了。一朵云

正在你小时候张望过的头顶之上盘旋

你抬头,看到地球的某处

大海正在耸起暴怒的群峰,一只蝴蝶

即将发动一场真实的战争

2015年

暴雨中的事物

我痴迷于暴雨中的事物
乌云低垂。风从远方呼啸而来
那沉默许久的树,似乎要飞起来了
迎着闪电的方向

人们四散开来。秩序被打乱
但也有人直奔雷声而去
忽然而至的力量。总是让人欢喜
这众神呐喊的时刻,大地颤栗的时刻

这道德和法律无法限制的时刻
总有一些事物,需要忏悔,大声哭泣
总有一些事物,会因为冲刷和击打
而获得救赎与重生

当暴雨终究退去,你看

石头清新,群山宁静

那披头散发的野花,小心翼翼地托举着

一盏盏明亮的灯

2017 年

线索

邮差到来的时候
鸽群正在飞过广场
孩子们正在上学路上
而水龙头滴答着

一个陷入往事的人
自言自语。开始写下
诗篇的开头部分——
而水龙头滴答着

此时,地球的某一个地方
一颗炸弹,正在落下
无数水滴一样的人
就要永远陷入沉默——

在偶然和必然之间

在活着和死亡之间

水龙头和它的滴答声，只是

被我虚构的一条线索

2015年

一条铺满虫鸣的小径

黄昏时候,我独自走上
城郊一条幽暗的小径
那些尖叫的汽车,头颅高耸
在夜晚闪光的怪物们
都迅速隐退在身后的虚空里

我并不迷恋它们。这时节
有细微的虫鸣,从不远处开始响起
似乎一种古老而庄严的欢迎仪式
随即,是更多的鸣叫声
在晚风中,铺满了我将要途经的道路

偶尔会有树叶落在肩上
我会为之颤栗,并放缓脚步
当我厌倦了人们之间的谎言

就没有什么能够阻止两种孤独的事物

在黑暗中相逢,互赠心跳和萤火

2018年

偏见

在漂亮的躯壳跟前

我追逐深刻的灵魂

在深刻的灵魂跟前

我追逐有趣的翅膀

然而，当有趣的翅膀

终于飞抵庸常的生活

通常，我会用一粒世俗的尘埃

轻轻将它压垮

2019年

「辑二」

深处

一个村庄的精神构成

要有一座山,山上有座庙
庙里住着灰头土脸的山神。他接受
香火和敬畏,也赐予村民幸福和信仰

要有一个宽大的场院,站满了草垛
孩子们经常藏身其中。白胡子的爷爷
靠着草垛蹲下来,吃着旱烟讲着神鬼故事

要有一株高大的白杨或者槐树,树上
三家喜鹊垒窝。也住着满腹牢骚的麻雀
但他们和睦相处,经常一起啄破黎明的蛋壳

要有一口老井,挖井的人早已逝去多年
而井水依然清澈,青苔斑驳的井台上
吃水的后人,脚印层叠

要耍狮子，舞旱船，纸马上骑着快乐的童年
要有一个堂屋，八仙桌上挂着字画，也住着祖先
要有一座戏台，忠孝传家的故事百看不厌——

要有一条小路，路边长满了农历的节气
逢年过节的时候，那些朴素的民俗
都会随着缭绕的炊烟，款款回家

2017年

在老屋门前栽了一棵树

本来是有一棵槐树的,还有一棵楸树
似乎还有一棵香椿。自从新院修成
它们就在那里,迎着风雨朝阳
在李家山,见证了一家人磕磕绊绊
终于把苦日子熬成了蜜糖

但后来,它们都陆续消失了
槐树做了祖父的寿木,香椿树
给哥哥的新房当了顶梁柱
楸树跑得最远,跟我去了县城
做了上学用的案板和木箱

——直到父亲走后,我回乡下
发现老家的门口空空荡荡
恣肆任性的风,吹乱了

母亲的白发,吹皱了老屋的大梁

也吹散了刚刚升起的炊烟

春天,我从县城带回去一株樱花树

我挖土,母亲浇水,我们一起栽在了老屋门前

母亲说:"有了树,门前的风就会小一些。"

母亲又说:"有了树,喜鹊们飞来的时候,

它们报喜的喊叫声,我就能及时听见!"

2019年

薄情的人在秋风里沉默

不要说秋风是无情的篡逆者,他其实
是有情有义的王。在死亡的大幕拉开之前

他命令轻薄者,低下头颅。他呼唤寡言者
举起了各色旗帜。他催促那野草

长成了箭镞的模样。他驱赶着流水
加入悬崖上悲壮的合唱——

而一株厌倦了飞翔的野菊花,在盛大的秋风里
头顶白霜,兀自端坐。有着拒人千里的薄凉

2018 年

闪电花环

那年,他用采来的野花

给她编织了一个花环

许多年过去了,他们变得陌生

这些美好的过往,都不曾被提起

但在场的人都记得

他编织的时候很耐心——

她戴上花环的一刻,雷霆和闪电

都瞬间安静了下来

2018年

葫芦河,秋日

在秋天,葫芦河
再一次变得汹涌、湍急

它呜咽着奔跑
仿佛要把困厄、疾病
和落叶们腐烂的气息
甩在身后。它忽然转向
看到多年前的自己,在山谷
和野花们私语。那时多么年轻
还相信远方和大海

而现在,它只是
一首乐曲的结尾部分,真相
在流动中已然呈现
但谁又会甘于被冰冻和淹没的命运

当它终于从悬崖上,纵身跃下——

它是轰鸣,是死亡

更是救赎与重生

2016年

秋天的杜梨树

仿佛是一夜之间,杜梨树
青绿的身子,就着了火

它的脚下,玉米们裂开黄金的牙齿
土豆们,从地下探出丰腴雪白的身子

不远的山坡上,牧羊人
在秋风中紧了紧裤带,他侧耳:

"所有被秋风超度的美,终将
被时间这个暴君,一一收走"

风中的杜梨树,举着燃烧的枝条
像一个满怀心事,却又无从说起的哑巴

2016年

在 Z 城，观察一条河流

那时候我喜欢站在远处
去看她。那窄小的，缓慢的流水
安静，且从容

但是现在，我更愿意
置身其中。在她的内部
去触摸每一株水草，低头的硬度
去触摸每一粒沙，流动的疼

现在，我不说命运
不说远方那沉默的大海
面目全非的湖泊
在我中年的身体里

只余这小小之河——

当她拐弯，我庆幸

我是她未曾说出的部分

2015 年

南河桥记

如果不是夜里迷路
在生活了将近20年的县城里
我怎么会再一次遇见你——

南河桥,这么多年了
你还在憋着一股劲,躬身
将那些步履蹒跚的三轮车,趾高气扬的小汽车
送往他们要去的地方

如果不是桥头灯光昏暗的棺材铺
我肯定不会记起20年前的那个黄昏
骑着单车过桥的少年
被一阵突兀的风,吹落桥下

——在静宁,这杂乱的城乡接合部

南河桥，只是一截尚未彻底斩断的盲肠

流水干枯，野草丛生

它曾经见证了太多忽然转向的事物

它不是一座桥，它只是持续的疼痛本身

2015年

新兴小学

新鲜的课桌,有着诱人的松木香气
刚刚落成的屋檐上,燕子和麻雀
井水不犯河水。老树桩搭建的篮板
虽然身材不正,但我们往往
可以歪投正着

刚刚师范毕业的语文老师
有一双修长而艺术的手。会拉手风琴
也拉住了村里那个屁股高翘的姑娘
这让我们羡慕,也心生妒忌
刚刚开始分泌的荷尔蒙,适合于
在星空下按图索骥。适合
练习鲤鱼打挺,八卦连环掌……

但后来,仿佛在一夜之间

这一切,被凌厉的风吹走:
语文老师坟头的青草,已经黄了几茬
那些小小少年,在生活的十字路口
各自走散。在乡校合并的潮流里
最后两名学生,转学去了城里

——它永远消失了。新兴小学
在我中年的记忆里,类似于
一场未果的艳遇

2015年

通灵记

夏天的时候,他从集市上
带回一只蝈蝈。他每天
给它喂食青菜,高悬于阳光之中
期待它鸣叫,能带他重返昔日之境

而它不动,不语
"我喜欢这绿色的小老虎,但我
又为它建造了透明的囚笼……"

后来,天气日渐转凉
"秋后的蚂蚱,蹦跶不了几天
还是放了它吧……"
他开始动心。这绿色的小老虎
却开始振翅鸣叫——

这一刹那，他和这只蝈蝈之间
似乎达成了某种默契：
他重返昔日之境。而它
归隐秋日山林

2015年

四点钟

从深圳转机咸阳回兰州,下午四点钟
MU2326航班,正在掠过一片黄土丘陵地带
这时我忽然记起,机翼下面
是那个名叫李家山的村庄

"飞机飞过的时候,就四点了!"

有次我记得父亲这样说过
那时我们刚从一个老人的葬礼上回来
人们说笑着,自顾散去
父亲一路沉默着,那伤感的河流
似乎还在持续流淌

在这个四点钟,我从弦窗上向下张望
我的老父亲,他肯定也抬头看了一下天空

并念叨着：四点了
但他并不知道，那只大鸟
也在天空深处望着他——

是的，已经是下午四点了
这属于我们父子共同的四点钟
正在以超音速的方式，向后退去
再过一会，黄昏的鸟群
将把群山迅速湮没

2014年

父母课

像一对口齿不合的齿轮

1958年,他们被命运啮合在一起

互相撕扯打磨,又彼此给予力量

带动着家这辆贫困交加的马车,艰难前行

生下我们兄妹四人,为爷爷奶奶养老送终

如今半个多世纪过去了。他们

还在为养不养狗这样的小事大吵一番

"自从进了李家的门,我就没有一天

轻省过……我现在要伺候你,还得伺候你的狗……"

母亲委屈的眼睛里,居然闪着泪花

"不就是顺手给一碗剩饭嘛?还能讨得它

每天给你摇尾巴,听你说话,多好……"

父亲明显是带有歉意地说服,他还没有完全放弃

在他们40岁的儿子跟前

我古稀之年的父母亲，更像是

两个正在闹矛盾的小学生

需要我来调解和处理。但是

面对孙子们要玩泥巴这样的事，他们的意见

又出奇的一致。父亲带孩子们从沟底挖来胶泥

母亲不厌其烦地帮他们碾碎……

第二天，他们又像什么都没发生过一般

在老家的屋檐下，支起茶炉

面对面坐着。父亲一杯，母亲一杯

一起饮下这共同熬煮出来的甘苦

他们面前，炉火正旺，岁月迷离

一场时间的雪

正在纷纷扬扬落下来

2015 年

大修车间

这栋灰色大楼,正规名字

叫作人民医院

但我的朋友乌兰哈达,称它为

大修车间

事实的确如此:

内科、外科、儿科、妇科、骨科、泌尿科

肛肠科、心内科、耳鼻喉科、内分泌科、烧伤科……

在工业的流水线上,每一个器官和部位

都被精确划分

血常规、尿常规、肝功能、肺功能、心电图

窥镜、胃镜、肠镜、穿刺、X光胸透、CT扫描……

你体内隐藏多年的秘密与病灶,现在

都将大白于天下

无影灯、手术刀、镊子、钳子、吻合器

缝合针、呼吸机、监视仪……哦

那个一脸雀斑的麻醉师，有一双遗忘之手

可以让你暂时忘记疼痛，眼睁睁

看着自己被打开

被修改和缝补

"我终于看到我的心了……

它是红的。但有一些懦弱，跳得太快

还有着一点点自私和贪欲……

以前，它一直以另一种颜色蒙蔽着我！"

——每个进入过这个大修车间的人

曾经信誓旦旦，要放下那些多余的一切

但当他们终于成功地被修理出来

穿上体面的西服，打上好看的蝴蝶结

他们仍然攥紧了所有能够着的东西

狂奔在尘土飞扬的小径之上

2015 年

二十二床

七岁时看到解放军过李家山的儿童李岁建

十四岁时挑着100斤粮食步行30里赶集的社员李岁建

十七岁时因为饥饿偷吃生产队的榆树皮被批斗的灾民李岁建

二十七岁时在高峡铁矿冬天赤着脚大炼钢铁的工人李岁建

三十七岁时因为分到了田地吃饱了肚子喜极而泣的农民李岁建

五十四岁时为了供给儿子上大学在建筑工地抱砖头的民工李岁建

六十七岁时还在果园里劳作,希望苹果卖上大价钱能帮助儿子换一套大房子的果农李岁建

……

这个没有过上几年安稳日子,在七十二岁时

因为直肠癌住进人民医院的患者李岁建

现在又有了一个新名字——二十二床!

护士小姐清脆的声音经常在病房里响起:

"二十二床,该量体温了

二十二床,做一个血糖分析

二十二床,给你的伤口消一下毒

二十二床,疼了你就喊出来……"

我垂暮之年的老父亲,被一双看不见的手

一下子按在了那个叫二十二床的地方

像一个孱弱的孩子。残缺不全的牙齿

咬紧了嘴唇。接受着手术刀的寒冷和温情

也接受着命运和生活

又一次地修改和命名——

2015 年

答案

那个年轻的回族小伙
在省城医院的花坛旁,望着天空大声喊
"怎么办?"

他49岁的工友老李,被从半空落下的砖块
砸断了脊椎。
"他80岁的老母瘫痪在床,妻子跟人跑了
两个孩子不到10岁,老板答应了赔钱
可是这一家人以后怎么办?"

灰蒙蒙的天空里
没有他想要的答案

那个64岁的退休职工王爱玲
心脏做了4个支架之后,但命运还不放过她

老伴直肠癌手术之后，直接进了重症监护室
"18天了，花了快20万
这老家伙要是扔下我独自走了
我该怎么办？"

白色的重症监护室门紧闭着
没有给她等待的答案

"活着，就是不断跨过每一个坎
就是和自己，打一场又一场的战争
但没有胜利可言！"
大字不识的老父亲，说这话的时候
正躺在肛肠科病床上
像一个置身事外的哲学家
眼睛里有着让我恐惧的冷峻和平静

2015年

苍耳

他们喊它沾头婆,苍浪子,羌子果
也喊它虱疮草,白胡荽,苍耳子

小时候放羊,在草地,山坡或者小路旁
一不小心,就被它粘在衣服上

这来自遥远的美洲大陆的小小的植物
没有丝毫的矜持和羞涩,我是多么讨厌它

——直到后来,在一本医书上读到:
苍耳子,苦辛,寒。可主肝家热,明目……
那时我正喝着苍耳熬制的汤药,时隔三十年
我才消除了对一株植物根深蒂固的敌意

2017年

清明

许多城里的候鸟,这一天
都扑啦啦飞回了乡下
他们携带着妻儿,眼泪
和纸钱,去看一些走丢了的亲人

上完坟之后,他们也顺道
看看刚刚绽放的桃花、油菜花
在春风里瞭望一下远方的事物
远处是小长假,是 GDP 和免去的过路费

这个清明,我没有回去
在遥远的李家山,我年迈的父母
种下了蔬菜和花朵。父亲说
他也顺便看了一下承包地

父亲说，我和你妈商量好了
以后就埋在公路边上的那个地角：
"那边向阳，也不浪费土地
你们以后回来上坟也方便……"

2017年

一个老人在街道上数纸币

黄昏的时候,一个老人在数纸币
是一个乞丐中的老人。七十多岁的年纪
在街道的边上数他讨来的纸币

那些乱作一团的纸币
皱巴巴的,像是生活中来历不明的事物
但他有的是时间和耐心
他斜躺在街道上,蘸着唾沫慢慢地数:

这一张一毛的,是一个小姑娘给他的
她给他的时候,连同她湖泊一样的眼神
让老人想起乡下的孙女
那一张一块的,是一个遛狗的少妇给他的
她给他的时候,她的狗充满敌意地怒视着他
让他不得不想起乡下的儿媳

还有那张五块的,是一个过路的民工给他的
他给他的时候,连同手上的泥巴一起递了过来
这让他瞬间记起,自己还有一个儿子

太阳快要下山了,一阵风
像一个故意跟老人捣乱的孩子
似乎要把老人吹起来
老人趔趄着,用双手紧紧捂紧
那些想要飞走的纸币。这个风烛残年的人
仿佛什么都没有了,只剩下那些纸币
又仿佛什么都有了,除了那些纸币

2013年

一只旧水桶

你相信么,即便是一只水桶
也有它青葱年少的时光——

那时节它刚从老铁匠粗糙的手上
脱胎换骨,成为一只具有双重意义的事物
在那被时间冲洗的井台上,它
曾和另一些橡胶水桶、木质水桶
偶尔碰撞,轻声交谈

一只崭新的水桶!被不断清空
又被装满。在被运送的道路上
它会情不自禁地抱紧
那些想飞的水,救命的水
也曾因为疲惫,故意让一些水溢出来……

但是后来,村庄里通上了自来水
这只水桶,被从扁担上卸下来
被倒置,蹲在院子的一角
一只被永远清空了的水桶,被铁锈和灰尘
肆意侵蚀。宛若一个悲剧的结尾部分

"丢了吧,它已经没用了!"许多人说
"还是留着吧,卸磨杀驴的事咱们不能干!"
说这话的,是我卧病在床的老父亲

2017年

大年初一的早上

给祖先的牌位磕头之后
我去老井里挑水

去老井挑水,要经过
两座废弃的场院。一截
越来越瘦的小路。还要被
一棵长了几百年的老槐树和
几座荒草茂盛的坟头注视

但还是有一些新鲜的事物:
譬如走失多年的喜鹊回来了
一块荒地上又长出了小麦
譬如沉寂多年的山神庙
又开始有了香火

大年初一的早上,人们

都在安心沉睡。这一天

看起来和一年中的任何一天

没有很大的区别。只是我

自己挑着两只空桶

像个满怀心思的外乡人

2017年

喜娃

喜娃是来自秦安的傻瓜
小儿麻痹害得他口齿含混,吐字不清
早年失去母亲,家里三条光棍
三十多岁的喜娃,还树叶一样
飘到哪,算到哪

喜娃是傻,如今连三岁小孩都认得钱
只有喜娃认不得。但他有一身好力气
被黑心老板骗到莲花城背水泥
"哥啊,老板说一月给我800块,
包吃包住,好着呢!"

那时候他刚从莲花城回来,形容枯槁
破旧的口袋里空空荡荡。但喜娃并不沮丧
一包几块钱的烟,就可以让他喜笑颜开

喜娃说,莲花城宾馆里的妹子真好
只要他的"毛爷爷",从来不嫌他脏

在老家卖完苹果,去喝酒的路上
我们谈起家事,喜娃说去年回家
光棍老哥把他挣的钱全抢去了
说要给他找个嫂子。喜娃说
今年过年他和父亲就能端上一碗热饭了

听到这里,我趔趄了一下
喜娃跛着脚赶上来:"哥,你没事吧?"
我抓住喜娃的肩,鼻子里忽然有点酸
但是幸好在夜里,这一切
并没有人看见

2014年

它会怎么想

一颗萝卜种子

被谁种下,在春天里

发芽。迎风流泪

沐浴平等的阳光,也遭受

昆虫们的骚扰

一颗黑瘦的萝卜种子

要兀自承受多少黑暗

才能在秋天顶破土皮,冒出来

白胖的小娃娃,还带着泥

需要清洗,最后被装盘

"与其成为一盘萝卜丝

我宁愿待在幽暗的泥土里……"

"不,这是你的宿命……

一根萝卜最好的归宿,就是被种下它的人

自己吃掉……"

其实这些,仅仅是

我在纸上,在酒足饭饱之后

一厢情愿的想法,仅仅是

一个享受过萝卜的人

试图为它说话

2017 年

果园里锄草

这块自留地,父亲
很早就栽植了果树
十多年了,一些树还枝繁叶茂
另一些,已经老态龙钟

而园子里的草,一年比一年
茂盛。是的
人们有人们的想法。而土地
也有土地的心思,有时候
你种什么,它就长什么
但有时候,你没有种下
它们也会自己
从地下钻出来。就像这些杂草
一茬接一茬,怎么锄也锄不尽

这无关因果，只关节气

"斩草务须除根！"说这话的人

只是在隔靴搔痒

他可能永远不会知道

当你深深弯下腰，挥动锄头

其实类似于给这些行将就义的好汉们

鞠躬和致敬

2015年

省道304路口,正午

仿佛一个微型剧场——

几辆过路的中巴"噗"的一声
泄气一般,停下来
有人大声兜售土特产和矿泉水,有人
着急找方便的地方。还有一些
拿了手机,试图拍下这异乡的瞬间

几个本地的老人在墙根下,谈论着
昨天发生的一起交通事故:
"那人的双脚被碾成了肉饼,惨啊……"
但转瞬之间,他们又说起另外的事
"今年的苹果长势不错,可惜遭雹灾了……"

这是21世纪初的李家咀,304省道

在这里拐了个弯儿

如果以这个正午为刻度,启用

快进或者倒回键。这一幕

日常性的演出。都将会被时间忽略

唯一永恒的,是十字路口上

朝着四个方向飘散的风

2015年

逃离村庄的树

植树节的前一天,老家的朋友
忽然打来电话:"永斌家修房子,一棵
长了30年的松树要被砍掉了,太可惜
你若是要,我给你拉上来……"

这棵将要逃离村庄的树
我见过它,据说是永斌爷爷栽下的
和永斌一个年龄。每次回家都能看到
那株9米多高的树,挂满了松塔
像一把巨大的伞,给人送来绿意和清凉
而现在,它要被迫逃离扎根30年的村庄

其实在它之前,很多树就逃离了李家山
远些的,去了新疆和广东
近些的,去了兰州和平凉

这些李家山上土生土长的树

都在异乡的土地上扎了根,很多年了

没有见他们回来

"你把它拉上来吧!"

作为另一棵逃离村庄十多年的树

我对这一棵,忽然有了无法说出的亲近

当我的李家山,只剩下各种汽车

砖瓦和水泥。只剩下

被复制的所谓城里人的幸福生活——

我更愿意栽下这棵树

并给它浇水,施肥,驱虫

我愿意在酒后茶余

抱着它皲裂的躯干,说一些

只有我们两个能听懂的土话

2015年

十年

住了十年的房屋,被我扔掉了

同时扔掉的,还有
书房墙上被烟卷熏出的黄渍
(在那些过往的烟雾里,我曾冥思苦想
妄想搬动一个个新鲜的词语和石头)

女儿小时候随手涂抹的线条
(转眼间,她已经亭亭玉立)

就连躺过的沙发,吃过的饭
喝过的空酒瓶,穿过的旧衣服
燃烧过的爱。柴米油盐们互不相让的争吵
也似乎被我扔掉了
在送它们出门的时候,我惊讶于

我居然没有丝毫的悲伤

但一些东西还是留了下来——

多年前别人送我的黄色毛巾
曾经跟我在异乡游荡的旅行箱
一把英吉沙小刀
一捆落满灰尘的旧书信
在中年的夜晚,在上一个
十年和下一个未知的十年之间

在离地70米的废墟里
在涂料、灰刀和脚手架之间
我席地而卧,偶尔抬头
望见了阳台上那逼仄,但又
深邃宁静的星空

2013年

去年栽下的树

去年栽种下的树
是云杉
三株。靠着墙角
活过了夏天,秋天
我曾看到过去冬的雪花
和它们亲切交谈

但是今年春天。它们
死了。枝丫一寸一寸
决绝地枯萎。
像三个失去血液的手掌
指着天空的方向

没有人去追问
它们因为什么而死

三株云杉的死掉

在这个物质丰富的时代

还算不上一次事故

更晚一些,它们将

变成轻飘的炊烟和

时间的灰烬。变成

三个微不足道的句号

这大概是许多生不逢时的树

都要面临的结局

2013年

可怕的事情正在发生

再早一些,那个刚刚送到医院的小女孩
就可能苏醒过来
再迟一些,那只车轮下毙命的流浪狗
就能安全地横穿街道

再快一些,他就能抓住词语的羽毛
让它顺利成为一首诗最动人的部分
再慢一些,那滴凝结的清露
就能恰好落在虞美人艳丽的花瓣之上

但是可怕的事情正在发生——

在迟与早之间,在快与慢之间
在爱与不爱之间,在沉睡与醒来之间
在是与非之间,在红与黑之间

在有与无之间，在罪与罚之间

在活着的意义和死亡的结局之间——

哦！当我说到死亡
你看窗外那骤然而至的暴雨
正在将群山迅速洗亮

2015年

银镯记

社戏要散的那一天,母亲从集市上
花了530块钱,买来了一对银手镯

69年来,她曾经细嫩的双手
在抓养李家四个儿女的长征中
被生活冰凉之水,反复浸蚀
骨节变得粗大。指头上的老茧
像一枚枚钉子,曾经刺痛过我童年的脸颊
因为病变,右手中指
在她风烛残年的时候,弃她而去

母亲一直梦想有一双银手镯
外祖母嫁她的时候,没有银手镯
伺候祖母20年。但祖母最后把银饰都给了别人
后来我给母亲买过一些首饰

但她还是想自己买一双银手镯

"这是我这辈子花得最大的钱,我自己有
不要你们的钱!"
69岁的老母亲,艰难地戴上银手镯
像一个得到糖果的小女孩
喜悦在她皱纹荡漾的脸上弥散

我摸了一下母亲的银手镯
知道这其中的杂质
远远超过母亲对银子的期望
但我不忍说出来:
"妈,你买的这个镯子真是好看呢!"——

如果母亲的余生,能被这苍白的金属
照出些许温暖的光亮
即使它是假的,这又有什么不好

2014年

深处

那时我刚从一场宿醉中醒来,那么多
陌生的面孔迎面而来,又迅速擦肩而过
在那异乡的街头,我有些茫然

这时候就看到你提着几罐奶茶,从街角闪现
"嗨,天气真好!"
阳光透过云层,刹那间
照亮了生活的某个入口
我承认,那是我第一次喝奶茶
尽管对新鲜的事物保持着本能的警惕
但我还是喜欢那种奶茶的味道:温和、绵长

此后,在北方
我从未喝过奶茶,我担心一个人喝奶茶
会喝出黄连的味道来

但我记住了那个奶茶的名字：黑泷堂

——黑泷堂在武林广场

武林广场在杭州

杭州在大海的深处

2013年

毛驴之诗

黑毛驴,灰毛驴,花毛驴,
白肚儿的公毛驴
棕褐色的母毛驴——

春天一到,这些毛驴们
打着响鼻,在青草里抬头
叫声此起彼伏
高过村庄里最老的槐树

耕地时低眉顺眼的毛驴
拉车时趾高气扬的毛驴
推磨时被蒙上眼睛的毛驴
碾场时饿着肚皮的毛驴
偶尔会耍耍驴脾气
横着脖颈一声不吭的毛驴

因为对某个母毛驴念念不忘

被主人一刀阉割了的骟毛驴

张果老倒骑着抱打不平的小毛驴

贾岛们骑着觅诗的小毛驴

黄胄笔下水墨丹青的小毛驴

孩子们儿歌里欢腾的小毛驴——

现在，它们都去了哪里

我的村庄里空空荡荡

没有一头毛驴的消息

它的那些伙伴们

马，骡子，还有老黄牛

似乎是一夜之间，都消失得无影无踪

没有牲畜们的村庄

只剩下三轮车、小汽车、大卡车们

单调的轰鸣

没有牲畜们的村庄

只剩下几个苟延残喘的老人

在村口的老槐树下，望着

越来越低的天空

2014年

请求

"请驯养我吧……"

苹果树下独自唱歌的小狐狸,吐气如兰
食素。喜欢涂鸦。豢养一面幽深的湖水
与风信子、米兰、栀子、麦冬草、金丝莲为伴
有着牵牛花的偏执与忠诚。也有着
罂粟微量的毒与蛊

哦,你可曾见到过她?

这花房中隐居,就连接电话
都会脸红的小狐狸
请驯养一匹漫游的雪人吧!在人间
奔波四十年,现在
他累了

请驯养他的疲惫，他

内心里喘息的野兽

请驯养他嗜酒喜烟的坏脾气

如果可以，也请驯养他须眉之间

缠绕的辽阔与孤独

2015年

寄苹果

每年秋天,我
都要寄一些苹果给外地的朋友

一些寄给吉林,一些
寄给了江苏,浙江
还有一些
去了山东和北京……

这些中国最好的苹果
乘火车,坐飞机,换渡轮
一路跋山涉水
最后都到了想要去的地方

其实这些地方,我大都去过
但那些吃苹果的人,很多并没有来过静宁

"每吃一颗苹果,每一次

味蕾上甜蜜的颤栗

都代表我曾到过你的家乡"

2014年

给叶梓的信

这封信是写给你的
叶梓。有生之年,我庆幸
我们一起挥霍过那些春花,秋月
那些无常的时光和流水
可以在纸上推杯换盏,我们经常把酒
但不再为虚度过青春而悲伤
年届不惑:"对朋友越来越挑剔了"
那些错失的人,我们不奢望重新指认
那迎面而来的,也终将擦肩而过

是的,"喝一场,少一场;
见一次,是一次!"
那次我在苏州喝至失忆,你曾罕见地对我发脾气
但我认了。"我就是一个混蛋!"
我曾这样咒骂自己。整整20年了

你以这个混蛋为友,这让我温暖
我们从天水喝到静宁,从静宁喝到通渭
喝到天祝,喝到苏州、台州……
在杭州武林广场附近的小酒馆里,你大吼秦腔
迷醉了邻桌的南方小姑娘

而现在已是秋天,兄弟
我在风中翻捡你以前写给我的那些信件
在十多年前从天水带回来的旧纸片上
我重读你新婚时节雪潇撰写的对联
啊,兄弟!
在喝酒之后,我们也曾谈到过爱过的姑娘
也谈到了死亡:
"我希望我能死在你前头,这样的话
你就可以给我送礼……"说这话的时候
你大笑着,仿佛死亡是一次醉酒
第二天我们都会醒来。但我深知
这不是酒后的胡言乱语

所以,在这一刻到来之前,

我写下这封信,并且步行到邮局寄给你

尽管有电话,QQ 和微信

但我还是想写下这感伤之词,并在结尾附上一句:

"我已准备了一坛好酒,等那大雪纷飞之时

你从江南策马归来!"

2014 年

另一条河流

寒衣节那天,在场院的十字路口
母亲煞有其事地,用竹棍画了一个很大的圈
"这样,送给你外公外婆的寒衣
就不会被你们李家的先人抢去……"

我远远地跪着。看母亲焚香,点火
那些纸做的衣服,她亲手印制的纸钱
在忽然惊醒的火焰中
刹那间有了温暖的气息

母亲今年已经七十二岁了
她在我们老李家,已经生活了五十多年
也活过了外公外婆的年纪。但每年的这一天
她都要亲自给逝去的父母送寒衣

磕完头，我们起身的时候

母亲微笑着。那些带有余温的灰烬

仿佛某种古老的安慰。而母亲花白的头发

更像是寒风里一条涌动的河流

2017年

送行记

斯是盛世

物质的光芒如此绚烂

斯夜月明

人们的梦境如此香甜……

但老张啊,你这苹果树下

快乐的老光棍

却要辞别众乡亲

兀自西去

"20多岁时,他

是李家山最英俊的青年人

带着妇女专业队,转战几个公社,

让那梯田的台阶,从山沟爬到了山顶

他修梯田,也曾修来过几个姑娘

暧昧却世故的眼神"

"50岁时,他

是李家山最热闹的老者

带着一帮娃娃们,每年正月里

祭山神,耍社火

经年不曾拆洗的破棉袄里

包裹着一颗欢乐的心……"

现在你才60多岁

再过两天,窗棂上的花喜鹊就要飞起来了

再过两个月,苹果树上的花骨朵就要笑开了

但你再也看不到这些了

有人在你尚未合上的坟前,高谈阔论

有人在你亲手栽种的果树下面,点燃了

御寒的篝火——

火光里我看到你提着灯笼

在正月的李家山奔走的背影

正如我们这里为你送行的一群,一生碌碌

想起来温暖,却又
乏善可陈

2014 年

拯救父亲

曾经高大健硕的父亲,如今
蜷缩在老家屋檐下,像一堆
漏洞百出的破衣服
一阵微风,就能将他吹走

更多的父亲们
还辗转于廉价旅馆、火车站、长途汽车站之间
出没于脚手架、矿坑、废品收购站和山野之中
正在被衰老和疾病,一一降伏

而故乡的野草,一年更比一年茂盛
等待父亲们从四面八方归来
它们说:"我曾经给予你们强大的灵魂

现在,我将收留你们的肉体,哪怕他已经破败……"

这,近乎一种绝望的圆满——

2016年

柏树

我曾见到过高大茂盛的柏树,在北京
在山东,在陕西……历经风霜的柏树们
依然葱茏。扭曲的躯干上,有着许多
虫洞和裂痕,人们说那是柏树的眼睛

——有多少故事隐藏其中?那些疼痛
悲伤的闪电,曾在刹那之间,击中过
多少路过的行人?当我面对那柏树的时候
我都会低下头来,我怕注视那些蓄满苦难的内心

直到后来,父亲住进了一棵柏树之中
每一次看到柏树,我都要去抱一下
我愿把大地上所有的柏树,都视作
在尘世相依为命的亲人

2017 年

去果园里看父亲

这个在李家山劳碌了一生的农民
终于不再屈服于疼痛,药丸和农事的鞭子
他丢下了一切,决绝地住进了自己的新家
在永恒的时间里

离家的早上,我和母亲一起去看父亲
几场秋雨过后,父亲的坟头上
一些青草已经顶破了土皮,据说
这预示着墓地的风水不错

"我昨晚梦见你爸了,他说
背靠着喇嘛古堆,眼望着仁大川※
还有这么多红灯笼似的苹果
陪着他,住着畅快……"

——————————

※ 注:喇嘛古堆为老家山名,仁大川为老家地名。

回来的路上,母亲说:

"先走的人,是有福的……"

2017年

饮秋风

每天路过的电线杆上,寻人启事

被不断覆盖:走失的儿童,老年痴呆患者

有时候也有例外,譬如今天

是一个晚期癌症病人。趁着夜色掩护

他兀自从医院的病床上溜走——

彩色照片上的他,还微笑着

(那时候,他应该还没听到死神的召唤)

嘴唇微微上翘,似乎是嘲讽过往的人们

(你们匆匆赶路,到底是要去哪里)

我也想给自己写一则寻人启事:

某男,40岁,早年他耽于词语、玫瑰和远方

也曾深陷物质和日常的洪流。时至中年

他又一次迷失在庄周化蝶的梦境里,知其下落者

一盏秋风酬谢

2016年

死亡对话

一个鳏夫,高血压携带者
60岁中风偏瘫的农民,和另一个
高血压携带者,73岁直肠癌复发的老伙伴
在夏日的场院上艰难相遇——

"好几天不见你,以为你不行了……"
"想死,却是死不了呢……吃不下,
动不了,还不如死了的好!"
"我手术的地方一直在出血,我
估计自己的身体里面,都烂掉啦……"
"偏瘫,让我这两手现在连拿个筷子都难
当年可是能举起200多斤的碌碡呢!"

"这样活着,还不如……"
两个老人居然异口同声

"我记得你家后面有口枯井,跳下去,一了百了……"
"万一摔不死,剩半条命了,只能给娃们添负担!"
"据说百草枯那农药不错,喝下去,就是神仙也救不了!"
"我最近在找呢,但不知道被孩子们放啥地方了……"
"你要是真喝了百草枯,娃们可就背上不孝的骂名呐!"
"是啊,咱们死了,他们可在村子里永远抬不起头哪!"

——直到天色暗了下去,这两个昔日的斗士,今日
疾病的俘虏。还没有讨论出死亡的最佳方式

"咱们还是回吧,省得娃到处找咱俩老废物!"
两个心事重重的老人,摇摇晃晃地起身
从黄昏的场院各自走散。而汹涌的暮色
迅速将他们身后的道路收走

2016年

秋夜,登文屏山顶

山路崎岖,但值得
又一次登临。人至中年
我开始相信神灵的存在,你瞧
这头顶白霜的草木,低垂的星空
乃至于路过的风,都是众神的信使

这世俗的高处,有人大喊
试图打开内心的牢笼
释放猛虎和荆棘;有人
借助沉默的梯子,摘取云朵和星辰
那或明或灭的灯火,那些车流和人群
不是归途。只是众神设置的圈套——

我们曾深陷其中,而现在
是抽身而退的时候了

你瞧，群山有群山的沉默

流水有流水的方向：

在文屏山顶，我愿做一个没有理想的人

只认领这片刻的孤独和自由

2016年

重新寻找一个名叫李满强的人

李满强这个名字，多么土气

据说是满月要上户口的时候，父母亲

用一顿小麦面条换来的。这土得掉渣的名字

居然还有重名

我百度了一下

这个蓝色星球上，叫李满强的人不下五个

一个是歌喉婉转如百灵鸟的歌手

网上流传着他翻唱的《北京一夜》

一个是苗木公司的经理，每天都在

为这个生态日益恶化的星球

培养能产生氧气的绿色植物

第三个是安全专家，他关于起重机安全监控的论述

让许多生产一线的工人得以幸福生活

第四个是一个重庆的留守儿童，如果他活着

现在也是翩翩少年,但在2009年
因为躲猫猫而窒息在柜子之中

谁是第五个?或者第六个?
但他们活得肯定比我有意义
当我丢下手中的书本,揽镜自照
对面的人是如此的陌生:
他的眼神混沌,皱纹纵横
因为嗜烟而日渐发黄的牙齿
更像是病入膏肓的垂危之人
"你就是一个以酒精和爱情的名义,不断伤害人的人"
去年某个女诗人对我这样说,我曾不以为然
但事已经年,我承认她说得有些道理
因为贪婪和自私,我早已忘掉了热爱和感恩
忘记了悲悯和宽容,责任和担当
那些浮躁的尘埃已经积聚到胸口,再不停下来
它们就要淹没我的头颅和眼睛——

所以,在四十岁的时候
我写下这首诗,并删掉酒桌上的呼啸

牌桌上的算计，QQ里和陌生人的暧昧
删掉午夜里的孤独和挣扎——
哦，是时候了
时间沙漏已所剩无几
我得慢下来！是的
我得朝自己拔出刀子
剔除那混沌多余的部分

2014年

一个梦

梦见一场雨刚下过,地埂上的山丹丹
才开始张口说话;梦见彩虹的手指
一头指着远处,一头指着喇嘛古堆下的家

梦见家里来了亲戚。母亲系着花围裙
忙得打转。梦见炊烟在门前的歪脖子树上招手
等待放羊的哥哥姐姐回来

梦见父亲尚在人世。新修的屋檐下
他在刻陀螺。他每刻一刀,我和妹妹
就拍着手笑一下

2018年

戊戌秋日,父亲坟前

那个睡在地下的人,活着的时候
一生都在和各种杂草争斗
他用镰刀和锄头,农药和革命
让它们学会顺从,忍耐,不越界
在地埂上苟且偷生

直到他去世之后,那些草木
才敢蹑手蹑脚地溜回来
爬上他的坟头,替他接受香火
饮下我奠的美酒。在风中大摇大摆
吸完我点燃的黑兰州

曾经的死敌,现在的亲人
时间的轮回之中,他们已经和解
学会了相依为命。当我在尘埃里

扑倒。一株野草轻轻拂过我的额头:
它居然有着父亲手掌的纹路和温度

2018年

己亥夏日,与太白对饮

太白先生,比起车水马龙的京城
我还是更喜欢你我共有的古城成纪
多少次,当你飘逸消瘦的身影
从纸上站起来,当你随口吟诵出的诗句
如闪电般归来,我的心头都会为之一震:

"与君歌一曲,请君为我倾耳听。"
太白先生,现在是公元2019年的夏天
我一个人来到了成纪古城。你的根脉,我的先祖
都曾在这里繁衍生息,城墙上那些摇曳的青草
都有着仕女的姿态。而那些泥土里忽然闪现的瓦当
忽然就有了天宝年间的呼吸

"烹羊宰牛且为乐,会须一饮三百杯。"
太白先生,我没有牛羊可宰,但这一树又一树的苹果

何尝不可以下酒？等到秋日，这漫山遍野的红灯笼

将照亮广爷川[※]里所有子民的道路，将带着

广爷川的气息

抵达远方的驿站和嘴唇。所以太白先生，我们

何不就着这果园里爽朗的风声，就着这盛世的阳光

在古城墙上坐下来，太白先生

举杯吧，且饮了这一杯

借你一腔才情，满腹肝胆

让我从容地搬动词语，书写出

这尘世的美好光景

且饮了这一杯，借你大唐明月

丝路驼铃，辉映我九州迈向强大复兴

2019年

※ 注：广爷川为老家地名。

戊戌年秋日，与父亲对饮

爸，我来看你了！我带了
你最喜欢的烟卷，朋友送我的老酒
一碟油炸花生米，以及外省的阳光和风
今年清明时，我在南方游荡
没有赶回来。多年父子成兄弟
你肯定不会因此而怪罪于我

烟，一人一支
酒，一人一杯
之后，盘腿坐下来，像你在世时一样
我们聊聊外面的生活，聊聊孩子们
和果园里的收成。你看那些摇曳的树枝
那些秋风中怒放的野菊花，以及头顶的云朵
似乎都在为我们致意

那就干了吧！爸！

你一生困顿于这个名叫李家山的小村庄
却给了我翅膀飞翔。当我
坐着时速300公里的高铁,穿过中原腹地
我相信你的眼睛和我一起,在接受那些新鲜的馈赠
当我在重庆长江大桥上驻足观望
我相信我是替一条大河,去打听另一条大河的去向

爸,后来我还去了遥远的西沙群岛
当我踩着那些耸立的波涛,来到世界的尽头
当我在永兴岛的夜晚独酌,俯仰之间
我看到那硕大的流星,拖着温情明亮的尾巴
在天空中久久不肯离去
我相信你肯定也是和我一起来过了——

爸,咱们再喝一杯吧!
让我就着草叶和阳光,就着这
秋日的盛大图景,说出我一直羞于表达的秘密:
有生之年,我庆幸我能成为你的儿子和眼睛
无妄之秋,我感恩你一直是我的酒杯与星空

2018年

四十三岁生日,与自己对饮

一碟酸菜,一碗长寿面
左手给右手斟酒,右手再给左手满杯
嘿,一个人在北风中大摆宴席
一个人在大雪里张灯结彩
庆祝自己的不惑之年

第一杯,献给那些过往的风
经常落下的霜雪,献给那些猝不及防的
石头和荆棘。献给锋利的波涛和沙粒
献给一面名叫"昨日"的镜子
感谢它们刻画出生动之我,坚韧之我

第二杯,献给周遭的亲人
那些生养我的,和我养育的
献给那些唠叨,抱怨,撒娇,哭泣和欢笑

献给我的一亩三分地，地里长出的粮食和蔬菜

感谢他们成全一个雄性之灵，今日之我

第三杯，要献给星辰和天空

献给黎明的道路，雾气中的灯塔

要献给一根名叫"明日"的绳索

哦，说到明日，我要饮下这一小杯的迷茫

也要痛饮这一满杯大海般的欢喜和希冀

2018年

与杜甫书

过了这个春节,我已经44岁了
在小城静宁,过着乏善可陈的生活
翻几页闲书,写几颗无关痛痒的文字
偶尔出门游荡,和朋友们吃几杯小酒
胸中豢养的老虎,不知所终

你的这个年纪,却是惊心动魄啊
当初的白衣少年,已经四面楚歌
帝国的太阳摇摇欲坠,我的李氏先祖
从长安城仓皇出逃。年届不惑的杜参军
将要经历出走,被俘虏和贬谪的命运

"国家不幸诗家幸",天宝之后
大唐沉重的喘息,将被你一一写下:
《三吏》《三别》《春夜喜雨》……

这些忧伤的诗篇。至今

仍然养活着众多的大脑和口舌

我为此感到深深的羞愧。当我

在大地上漫游。从秦州到同谷、成都……

再到巩义。每一次看到以你之名命名的草堂

我都会深深地低下这颗

世俗而轻薄的头颅

2018年

「辑三」

线索

沙之书

谁在赞美那些沙子,并为它们命名?
在电视广告片或者印刷精美的画册里
小小的沙子,一旦堆积在一起
就有了优美的曲线和
黄金的质地

谁心疼过那些沙子,在
时间的手掌之中,它们
不停地游走,但一次次
被风塑造和修改
而它们仍然恪守着一个民族丰饶的记忆

谁会回忆起那些沙子?
当我们回到美酒和鲜花簇拥的世界

一粒沙子,会不会从眼睛里跳出来

带着沉重的喘息

2014年

途中的事物

这是第三次。我混迹于
诗人、教授和酒徒中间
又一次来到鸣沙山

天空还是那片天空,但
沙子,早已不是我上一次看到的
那一群。我掬起一把
看它们从指缝溜走,被风吹散——

赤脚攀登,在山顶
我练习倒立之术
这时候,2015年的第一场雪
正在敦煌落下来:

倏忽之间，我被两种细碎而强大的事物

迅速遮盖

2015年

瓜州月

高速公路两旁的砂砾，哈密瓜和肉苁蓉
都睡了。夜色如海，将它们一一淹没——

午夜时分，我们在瓜州服务区休息
有人抽烟，有人冻得唏嘘
有人紧了紧裤带，望着西边说
前面……应该是敦煌了——

瓜州风大
而大野之上，一轮弯月
兀自明亮，不慌不忙

2015年

五台山礼佛记

那么多菩萨,尊者,罗汉
我该信哪一个?我该在哪一座庙之前
焚香,匍匐,说出我内心的小念头

一些佛像,金光闪闪,门庭若市
而有一些菩萨,满面灰尘,门可罗雀
倒不如我谁也不拜,免得加剧他们之间的分歧

直到后来,在万佛阁附近
我遇到一个小沙弥,他抱着一只猫
眉目之间全是一尘不染的欢喜

他自顾自地和猫说话。而我垂手
倒退着下山。他的身后
冰雪覆盖的群峰,忽然耸起

2017年

野佛

凿壁的人走了,和泥的人走了
抬木的人走了,画梁的人走了
……但石头获得了重生

盗贼来过,又走了
香客来过,又走了
但那几尊头顶祥云的佛
或蹲或站
但那几缕有情有义的风
或停或转——

只有一种来自时间深处的静谧
在关山深处兀自升腾,萦绕
只有那摆脱了迷途的肉身,和一泓碧水
自成一体,又互为清凉

2016年

山中遇雨

山色忽然变暗

在我伫立眺望的时刻

一场风暴近在眼前

有人呼喊,有人奔跑

而我仍然站在原地

和我一起站立的,还有

那些野花,青草,一株

被雷电夺取了头颅的老松树

它只是轻轻摆了摆枝条

在这暴雨压顶的时刻——

群山之上,我愿和它们一起

做一个手握雨水和闪电的人

2016年

莲花台的桦树在蜕皮

秋深了,莲花台的红桦们
开始大张旗鼓地蜕皮
他们争先恐后,脱下旧衣裳
在一阵紧似一阵的秋风里

多么美好的时刻!这些
关山深处的隐士,必定是
顺从了内心的旨意
要突破世俗的律令和法规

必定是,那干净的流水
洗净了什么,带走了什么
让他们面对秋风,可以
从容地袒露心迹

而他们的左右,那些陇山柳

小叶杨,甚至于鹅耳枥,红心柏

紧裹着与生俱来的皮囊,小心翼翼

应对着更加苍茫的霜雪和风雷

在莲花台,面对一群放浪形骸的桦树

我满心欢喜。即便此时

是群鸟高飞的时刻

是秋后问斩的时刻

2017年

火遁者

多么奢侈!
我们穿着中年过剩的脂肪
戴着被娱乐
消耗殆尽的面孔
在这个早春的夜晚
来到一个名叫温塘的小镇

火焰在刹那间燃起!
有人开始围着火焰,跳舞,呼啸
这短暂的梦境
多么真实
让我不得不担心
灰烬就会在下一刻到来——

有人在歌声里梦游

有人一言不发

怀抱枯枝的眼神

更多的人在啜饮啤酒

有着置身物外的矜持

"想想吧！我们还有多少时间

可以挥霍

还有多少告别

可以重来……"

你看那悲伤的煽情者

已然泪眼婆娑

你看他在幕色将要合上的瞬间

已然脱下那沉重的肉身

在火光里逃遁

2013 年

赛罕塔拉 ※

牛羊都转到夏牧场去了
黄昏的赛罕塔拉,曲线妖娆
青草和野花们搀扶着
一路从谷底爬上来
最后消失在雪线之上

风从祁连深处吹来:
一遍遍擦拭雪山的镜子
风吹赛罕塔拉
一次次拂动狼毒花的柔软的内心

"比起张掖那花花世界,我还是
喜欢呆在安静的赛罕塔拉"

※ 注:赛罕塔拉,草原名,在甘肃张掖肃南县境内。

说这话的时候,高原的最后一抹阳光

刚好照着亚拉格·鄂尔魂的额头

我的裕固族兄弟

他被高原紫外线灼伤的脸庞,有着

让人敬畏的沉静

2014年

天边

再往前走一步,就是天边了——

沙粒那么多,我数不清了
沙丘那么高,我翻不过去了
你看身后的脚印,都被风收走了

那就躺下来吧,在这荒诞之地
什么都不用去想了,和众多的沙粒在一起
等待一次盛大的日落——

等待向晚的风
送来鹰翅和星辰

2014年

途经拉卜楞 ※

我的朋友,喇嘛
贡曲加措去印度了

但拉卜楞还在那里。寺院的
金顶和红墙还在那里
酥油花和精美绝伦的唐卡还在那里
一言不发的佛,和
他身前轰然跪倒的众生
还在那里

一株青草上的露珠
还在那里闪亮

※ 注:拉卜楞,寺院名,藏传佛教格鲁派六大寺院之一,位于甘肃省夏河县境内。

但我的朋友贡曲加措

他在群山之中，还没有回来

2014年

等光来

在郎木寺[※]
遇到一群等光的人
他们分别来自那拥挤之地

我也加入其中。一群人
在山顶上静坐
佛光九层,我们
究竟在等哪一层

近处,物质们在发光
几个人跟上它走了
远处,欲望们在发光
又有几个人走了

※ 注:寺院名,位于甘肃甘南藏族自治州碌曲县和四川阿坝藏族羌族自治州若尔盖县交界处。

你看,还有那爱情的光

多么迷人,但是没有人起身——

一群等光的人

在郎木寺的黄昏

小心地保卫着自己的孤独

2014年

在青草里打了个滚儿

在青草里打了个滚儿

苏鲁花就开了

在青草里打了个滚儿

牧羊人的口哨就响起来了

在青草里打了个滚儿

刚刚产下的小牦牛

就开始奔跑——

哦,七月的阿万仓草原

她安静,清澈,暗藏

荡漾之心。适合于

打滚,做梦,嚎叫和

生殖

2014年

曼日玛 ※

请允许我卸下肉身
身体里火车的鸣叫
允许我丢弃身份证，电话簿
皮夹里的各色卡片——

让我迎着尕玛梁漫过来的风吧
让我忘记乌鸦和鬣狗
忘记时代和浮云
让我在玛尼堆边上坐下来

请允许一个来历不明的人
豢养他的寂寞与辽阔——
在这青草悠然之地

2014年

※ 曼日玛和诗中的尕玛梁均为地名，甘肃省玛曲县境内。

黄河上游

仿佛一个涉世未深的少女

她还清澈,平静,步履端庄

似乎对身后的雪山,青草和寺院

有些不舍

走了一段

她又想折身回去——

但她最后还是选择了向东而去

在这短暂的迟疑之间

她已经具备了

咆哮之心

2014年

尕海

其实就是一个小海子——

是甘南草原上的小海子
青藏高原的一个小海子
是亚洲的腹地的一个小海子

但是在遇见她的时候，你
必将同时遇见——

几头走来走去，兀自吃草的牦牛

卓玛姑娘清澈的眼神
一座金顶的寺院
几本低语的经卷

2014年

缘由

这是秋日的江南。寺外的银杏树上
白果们都齐刷刷成熟了,如果有一阵风

它们就会顺从地落下来。门前的石狮子
铁青着脸。并不为谁的到来和离去,而微微动容

那些在佛陀前拜完自己的人,转身
就消逝在人群里。他们似乎都得到了想要的明月

空荡荡的院子里,两个僧人一边清扫着落叶
一边低声交谈:"那个美国人特朗普,好生难缠!"

我和诗人叶梓倒退着出去

而一方微笑的石碑起身送别：

"你们来此作甚？"

2018 年

汉中记

有生之年,你必将回溯:
重新来到一条大河的上游
历史的天空下,敦煌在后
长安在后。而秦岭北望
巴山屏南。行至此处
纵然你是心无江山之人
也该下马了,你看
哪一座海市蜃楼
在驻足张望?

"汉家发祥地,中华聚宝盆"
是的,汉中。我来了!
三只朱鹮,鸣叫于旱莲※之上
清澈见底的汉江里,倒映出

※ 注:旱莲是陕西汉中独有的奇花,在武侯祠有旱莲树,每年春天开花,据说能给看到的人带来好运。

我的古梁州、南郑……倒映出
我的金戈铁马,大汉宫阙
"一人一世界,一花一天堂"
历经千年,你看那秦岭之上的丝绸
还未曾被风吹散。你看那牧马河边
丈夫濯缨,少女濯足。
一截苏醒的木简,正在重新写下
……历史!

"世界那么大,我因何而来?"
你看,遍地都是鲜花开放的消息
而我的翅膀已经用旧,一面蒙尘的镜子
需要重新擦洗!
那就允许重新回溯,来到这上游之地
允许我在怒放的油菜花海里
享用落日的饕餮盛宴
允许我怀抱星辰,在夜深人静之时
汲取这大河上游
不朽的风骨与轰鸣

2015 年

问路者

问路者张骞,他没有罗盘
没有高铁和飞机
但他要去万里之外
去大月氏,去撒马尔罕

问路者张骞,他只有几个随从
半袋陈旧的干粮,一根皇帝赐予的
旄节。他只有越来越远的
长安和月亮

问路者张骞,他要日夜兼程
要穿过长长的河西走廊
要途经匈奴,在那荒蛮之地
逗留一十三年——

十三年啊,问路者张骞

要被劝降;被迫生儿育女

但他没有放下万里之外,皇帝的嘱托

没有忘记身后高悬的故国明月——

十三年之后,当西域的大门

徐徐开启。当他带领着

苜蓿,葡萄,石榴,香料……

浩浩荡荡地回到中原

当中原的丝绸、茶叶、盐巴源源不断地

进入撒马尔罕、安息和大秦

你不能不说,问路者张骞

他找到了另一半星球,也找到了一个民族

出发的秘径和未来

2015 年

石门帖

那高高在上的皇帝对游方道士说:
"吃了这些丹药,我是不是
将和天上的太阳一起,进入不朽的阵列?"
可是后来,皇帝还是一个一个,不可救药地崩殂

那湍急的流水对石头说:
"阻断了我的去路
你必将进入历史……"
但石头败给了时间。流水扬长而去

……只有那个叫杨孟文的人,深谙不朽之道——
他领取皇帝的旨意;顺从民间的流水
石头为他让路。隶书替他守着
那秦岭巴山下游走的魂魄

2015年

汉江落日

落日为证：她曾收留了纤细的
沮水，漾水，玉带河。※ 出了汉中
她的内心揣着一团文明的火

落日为镜：她曾为沛公让路
替项王染缨。也曾九曲回环，依依不舍
送怀揣丝绸的张骞策马西行——

落日为铁啊！不舍昼夜
她为它淬火。而她体内的狮子
开始进入雄壮之年，有着傲视东方的威武之姿——

是的，你看
当我说到了落日，汉江两边的

※　注：均为河流名，为汉江支流。

秦岭和巴山,那粗壮的双肩

就猛地一耸

2015年

在新疆

不要去孤独,你的孤独
远远小于天山或者塔克拉玛干的孤独

不要去忧伤,你的忧伤
远远浅于博斯腾湖或者喀纳斯湖※的忧伤

但如果你面色通红,一言不发——

那肯定是因为:一匹鹰
开始在你的头顶盘旋

也可能是:一头刚刚出生的小牛犊
在你的眼前撒欢

2015年

※ 注:博斯腾湖和喀纳斯湖均在新疆境内。

高处的博格达 ※

去天山大峡谷的路上,偶尔抬头
就看到她:戴着白雪的帽子
缠着云雾的围脖

"在古代,驼队和军旅进入西域
都要抬头来找她,以此来辨别方向"

哦,高处的博格达
她肃穆,静默,只拿
雪花和北风擦拭过的眼睛看着你——

当一个梦游症患者,心怀敬意

※ 注:即博格达峰,坐落在新疆维吾尔自治区阜康市境内,天山山脉东段的著名高峰。

进入天山一带,他会不会找到丢失已久的拐杖和罗盘?

2015年

布尔津※ 一带

青草们已经完全枯黄，再过一会
那盛大的暴风雪，将要越过高高的阿尔泰山
占领这些草场和小木屋——

但是且慢——

在这一切完全来临之前，请允许
一头奶牛从容地咀嚼完最后一口牧草
请允许它抬头，收敛黄昏最后一丝温暖的光线

——你看它多像一个目中无人的王者
正在大模大样地穿过公路
和即将到来的黑暗

2015 年

※ 注：布尔津，地名，位于新疆阿勒泰境内。

靠着一棵白桦坐下来

似乎已是穷途。奔波千里
我究竟因何而来——

众水向东,而她兀自朝西
额尔齐斯河※两岸
秋日盛大。白桦们纷纷抖落了风尘和焰火
只留那白净挺直的躯干
指着蓝不可测的天空

所以,我将交出我的嚎叫和哭泣
然后,就靠着一棵白桦树坐下来
你看,我现在一无所有

※ 注:额尔齐斯河发源于中国新疆维吾尔自治区富蕴县阿尔泰山南坡,流经哈萨克斯坦、俄罗斯,最后注入北冰洋。

只是一个面对河流和黄金

画饼充饥的人

2015年

达坂城:黄昏一瞥

空旷的街道之上
行人稀少。几架彩色风车
在黄昏,兀自转着
更远的地方
云彩已经和山顶合为一体

"这里盛产大豆,是新疆最好的
没有长辫子的姑娘,你上当了……"
浓眉大眼的司机师傅,开着玩笑
他知道我因何而来

暮色汹涌啊
而我不甘心于走马观花
如果留下来,哪怕是住上一晚
我会不会遇到那个大胡子男人

和他将要写出的歌

但我还是选择了离开

那道路两旁的白杨树,似乎

读懂了我内心的纠结

在我将要离开的时候,轻轻

摆了摆高大的树冠——

"有生之年,我曾替你来过这里

达坂城的黄昏,有一种让人失落的美……"

2015年

羊的河

大地献出黄金

天空收拢云朵

高高的阿尔泰山,还给雪

我的哈萨克兄弟努尔曼

迎来了一年中羊群转场的时节

马背上的努尔曼,此刻

多像一位富足的国王,神色自若

而他的眼前,缓缓流动的

是一条羊群的大河

棕毛的大母羊,白毛的小公羊

每一只,都毛色漂亮,膘肥体壮

当我们的车队

和这条河流狭路相逢的一瞬

所有的机器都停止了轰鸣和奔跑

只是安静地等待着

羊群们穿过草原公路，大模大样地

消失在远处——

如果没有和一只羊的眼睛对视过

你永远不会知道，它们的眼睛里

有着怎样温暖的雪

2015年

雪地里的乌鸦

在我们谈论湖水和松树的时候,一只乌鸦
悄无声息地落在眼前的雪地上

我们停止了交谈。世界一片静寂
只有乌鸦在雪地上来回踱步

一只浑身漆黑的乌鸦,落在洁白的雪地上
若是以往,我不会接受这种讽刺或者隐喻

但现在已是中年,在乌鸦和雪地之间
我开始接受它们相互存在的事实

2015年

赞美

赞美一朵十月里成熟的野棉花,以及
她柔软而热烈的美

赞美一条执命向西的河流,以及
它的从容和放荡

赞美一群头顶雪霜吃草的母牛
新疆的天空下,她们有着云朵一般的安详和自由

最后,请允许我赞美一下自己——

一面蒙尘的镜子,在你走后
还能站立和行走,没有被风吹碎

2015年

须臾之间

山色渐暗,飞鸟和钟声
同时归来。群峰身陷苍茫
如果暮色再深一些
那屋顶的飞檐,就会
挂上明月的灯笼

一起喝茶的白须僧人
起身,消失在佛堂深处
黑暗中,一片树叶落下来
停在我的肩膀上,仿佛一只手
按住我——

但仅仅是片刻之后
它又决绝地飘走了

2016 年

鸟儿问答

众鸟高飞。它们唱歌
振翅。从一线天飞过
像一团迅疾的火焰

而一只鸟,停在身边的树枝上
只是观望着:"那时候,我也拥有
无尽的力量和勇气,我也曾是他们中的一员"

"那你为什么不飞了?"

"后来,为虚名所累。我的翅膀上
镶上了黄金,也集聚了太多的灰尘
我已老迈,只能空怀飞翔之心!"

"那请你把你的勇气赐给我!"

——如果你去过天门山

你会遇到许多内心陡峭的野佛

和一群变成飞鸟的人

2016年

山中岁月

大河东流。小溪亦然
这隐居群山之中的壮士,确信
自己的确梦见了远处的大海
所以选择了决绝出走

他时而奔突,时而缓慢
在一株豆蔻之年的野花跟前
也曾短暂停留,但最后
他还是呼啸而去——

那时节我和他一样,一心
想奔向远处的大海。而现在
从海边回来之后,我更愿意循着他
来时的方向,一寸一尺
返回群山之中

2016年

落日颂

落日颔首,如敦厚的长者——

隔着群山,他递给我一只杯子:
"饮了吧!饮了这松涛、云雾和流水
饮下这山顶的风声,羽翅和倾斜的穹庐
你将走出自己的迷宫和宿命"

"每一个来看我的人,都曾有你这样的困顿
你瞧,蝴蝶的翅膀已经用旧,而野狼的嚎叫
日趋衰弱。你重返山中之日,乃是
世界朝你洞开之时"

——隔着群山,落日递给我一根拐杖
而他微笑,如新生的婴儿

2016年

明月见

将一座山命名为"明月"
它就照亮了一些人身前的道路——
贩夫走卒，达官显贵，失意者，仓皇者
深陷迷途的人，被伸手可触的明月指引
这古典的镜子，时至今日
依然铮亮如初，具有亘古的魔力
能熄灭纷乱的尘埃，能按下暴动的大海

不可避免。作为众多深陷迷途中的一个
我曾挟裹着一十三省的风暴与雷霆
也曾积攒了四十余载的顽疾与虚火
当我缘着栈道，亦步亦趋，提心吊胆
终于来到太平山顶，当那若有若无的
云雾环绕我，擦亮我
当我终于可以对着天地长啸一声——

我确信，在明月山之巅

我咳出了内心潜伏已久的淤血

而不远处，那十二群峰鼓掌作答

2019 年

一面湖水

人至中年,每个人的身体里
都暗藏着一枚月亮。有的大如玉盘
有的则细如弯钩,半截还被浮云遮蔽
有人携带了故土的明月,一生敞亮
有人则醉倒于外省的月光,毕生潦草

月亮似蛊,月光有毒
在宋,唐,或者更久远的一些时光里
它们频繁发作,那些清亮或者暗淡的光芒
替失意者,找到了攀援的绳索,给狂妄者
当头一盆冷水。直到现在——

月亮仍是最大的谜团,月光
仍在制造最大的悬案。当我
在一个名叫月亮湖的地方坐下来,一种

久违的平静占有了我。眼前的这一泓清水
她单纯，勇敢，不懂苟且与妥协
不问来处与归途
正好可以托付我的驳杂之身

2019年

野瀑

壮烈的事物总让人仰视。你看
那些退无可退的细流
最后原谅了悬崖的突兀
它们纵身一跃
带着一去不回的决绝

这欢笑的水,痛哭流涕的水
这绝处逢生的水,俯仰之间
制造出巨大的清凉与霓虹
似乎是对命运的宽恕与赞美

在短暂的回旋之后,它们
选择了掉头向东,不久的将来
在印度洋或者太平洋,你将
和它们重逢,那时候

它已成为大海的一部分——

在漫长而短暂的一生里
在许多难以自决的时刻
一滴来自明月山的水
曾经赠予我重新选择的勇气

2019年

西域谣

一

天山上牧马,吐鲁番酿蜜
在所有的绿洲和戈壁
都有一轮太阳,会如约升起
心里有西域,巴格达也不会嫌远

二

给我松树的身子
给我火焰山的心,最后
还要给我一双
喀纳斯湖一样的眼睛

三

是的，我曾来过这里
是千年以前，远在长安的妹妹
曾为我备好了马匹和干粮
也曾给我备下过长长的河西走廊和苍茫

四

那时节，一株尉犁※的胡杨才刚刚发芽
那时节，一辆龟兹的驴车开始吱呀
也是那时节啊，新鲜的羊皮被刻下经书
一匹汗血宝马的嘶鸣，被长安听见

※ 尉犁、乌苏、焉耆、莎车均为新疆地名。

五

路过成纪,遇见练习骑射的李广
途经兰州,九只肥羊在黄河上奔忙
还有那阳关,玉门关……此去千里啊
一声羌笛将我送别

六

但西域是在天边
我要在那匈奴盘踞之地耽搁一十三年
一十三年啊!一根来自长安的旄节
头顶雪霜,望眼欲穿

七

再广阔的沙漠,也容不下一个帝国的雄心

再高耸的山峰，也挡不住一个人西去的脚步

此去，有草原阡陌

此去，有宝石雪山

八

当中亚的大门缓缓开启：

我惊讶于波斯香料沁人心脾

当蒙着面纱的楼兰姑娘款款走来

我必将为西海上一只鸥鸟的鸣叫迷醉

九

卸下我的马鞍，取出我的茶叶

让我对载歌载舞的和硕妹妹

献上我的丝绸。允许我对云朵一样的牛羊马匹

说出内心的赞美

十

戈壁上追风,雪山上摘星

赶骆驼的男人啊,借你的银碗斟酒

一杯献给中原,一杯献给楼兰

最后一杯,留给历史命名

十一

转眼已是千年。一截出土的木简

穿越了时光之眼

十二只正在吟唱的木卡姆※

渡过了被风沙遮盖的难关

※ 注:"木卡姆",为阿拉伯语,意为规范、聚会等意,这里意为古典音乐。十二木卡姆是新疆现存最为著名的十二套古典音乐大曲。

十二

朔风北上,雁群南归

千年之后,一个汉人坐着动车来到乌鲁木齐

每一棵白杨恰似乡愁

每一次醉酒,都是旧地重游

十三

要喝坎儿井的水,要亲娜丽莎的嘴

要在额尔齐斯河边,一个人大摆筵席

要在阿尔泰山下,和一群转场的牛羊

撞一个满怀

十四

借我一点木垒的阳光

让我把一卷残存的经书读完

借我一杯天山上的雪水

灌溉出万亩良田

十五

向一株身披黄金的胡杨致敬

为一只刚刚出生，就开始奔跑的羔羊命名

在那群山和盆地之中，乌苏、焉耆、莎车……

这36个故国，必将一一认领

十六

我还将认领出：宝石十万

每一颗都藏着隐秘的心跳

棉田十万，每一朵都开着古老的温暖

玉米十万，每一株都喂养着祖国的秋天

十七

馕坑里烤肉,肉暖心

毡房里唱歌,歌等人

这里的每一块石头都会讲故事

这里的每一座雪山上都住着神灵

十八

铜壶里煮酒,酒不醉人

醉人的是维吾尔族少女麦然孜古丽的眼神

马背上放鹰,鹰不远飞

远飞的是出口外没有回来的人

十九

太阳就要隐入天山

漫游的独狼,就要回到内地

午夜的酒歌声里,谁的醉眼

抱紧了西域

二十

西域,西域

我带走美酒和情谊

但我无法带走你

肝肠寸断的美

2015年

轮回帖
——兼致刘基

一

那一日我在廊下观书,忽见一只白鹤
自屏风上振翅而出,鸣叫如长笛穿云
径直奔东南而去
那一夜我在北方故地,杯盏散乱
犹如大梦初醒

二

梦见一个峨冠博带的老者死了
他的青衫之上,缀满帝国赐予的宝石
他的肠胃之中,塞堵同僚孝敬的毒药
"即便功成身退,也不得善终……"

有人弹冠相庆,有人痛哭失声

三

他们说,好诗人正在路上
好诗人,也正在去文成※的路上
文成,文成!
一截哽在读书人喉头的鱼刺
天下书生掉头南望

四

望见至大四年的武阳村
这弹丸之地,居然
稻粟遍地,清水漫流

※ 注:浙江文成县,明开国谋士刘基故地,因刘谥号"文成"得名。

那婴儿呱呱坠地之时，可曾有
紫光盈室，星辰明亮

五

《春秋》何解？
《六甲天书》何解？
《奇门遁甲》何解？
无非占卜与算计
无非攻伐与守成

六

十七岁的白衣少年
早已看到江湖凶险，群山狰狞
便直奔上游而去。那青山之中
竟有裂帛之声，竟有坦途
可通世俗山顶

七

"学得文武艺,货与帝王家"
饱学的元统进士
江山已然憔悴,岂可容你
明火执仗。好在西湖散淡
可容你往来酬和,偶避风寒

八

"鹤鸣于九皋,声闻于野"
玩积木的老男孩,在西湖边不断尝试:
"家国,匹夫,天下……"
积木起立之声
恰好被一个心绪烦乱的凤阳人听见

九

是时候了,纵然许多光阴虚掷
纵然他是草莽出身
然"王侯将相,宁有种乎"
且从了他。且在江湖之中
以身饲虎。操练攻伐之术

十

迷雾自此拨开
一曲《郁离子》,天下皆姓朱
所有的占卜和预言得到应验
那时的御史中丞啊
可曾料想飞鸟已尽,良弓须藏?

十一

尽墨者必黑。近朱者
却未必赤
天下是他一个人的
关尔鸟事?
大幕已然合拢，仅余告别

十二

好在还有青田旧居，有
十亩南山，有那昔日养鹤之地
可以归去。江湖虽大
大不过帝王之心
故居虽小，尚可书写残简

十三

廊下观书那一日,杯盏散乱那一夜
也是春天。此后数百年
每每杨花翻飞之际,我都要朝南拜祭
以此来祭奠一个谋士的死去
以此怀念,一个书生的荣耀与感伤

十四

百年之后,谁又喊我
托生为一刀笔小吏,蜗居北方
于纸上涂画星空,于词语之中
寻找归途,亦于杯盏之中
觊觎明月山峦

十五

但南山梅花已谢。春日
充斥沙尘与虎狼之声
有人在墙外纵火，有人
在屋内聒噪，更多的人
深陷物质的黑暗，不可自拔

十六

《诗经》何解？
《九歌》何解？
《归园田居》何解？
可我身处下游，身处
乌鸦与麻雀的丛林

十七

想那清修之时

你也曾用百丈漈的流水濯缨

想那踌躇之际

你也曾将铜铃山的栏杆拍遍

出入之间，动静之际，近乎虚妄

十八

"世间安得万全策，

不负如来不负卿"

40年倏忽而过，百年之后

一个悲观主义者的喟叹，亦将归于尘土

而他小小的悲伤，仅仅

源于热爱，源于内心一丝不舍的执念

十九

那就去山水之中吧,忘情于

杯中那短暂的眩晕与颤栗

纵使每一年,雷霆

会在眉目间炸响。纵使每一日

白发都会在镜中复活

二十

我要动身了。你看那落日低悬

如忧戚的孤独者

我要动身了。你看那白鹤于镜中起舞

如披头散发的未亡人

2016年